그래도

오늘은

좋았다

그래도 오늘은 좋았다

2018년 12월 06일 초판 1쇄 인쇄 | 2018년 12월 20일 초판 1쇄 발행

지은이 이민주
펴낸곳 부키(주)
펴낸이 박윤우
등록일 2012년 9월 27일
등록번호 제312-2012-000045호
주소 03785 서울 서대문구 신촌로3길 15 산성빌딩 6층
전화 02) 325-0846
팩스 02) 3141-4066
홈페이지 www.bookie.co.kr
이메일 webmaster@bookie.co.kr
제작대행 올인피앤비 bobys1@nate.com
ISBN 978-89-6051-676-2 03810

이 도서의 국립중앙도서관 출판예정도서목록(CIP)은 서지정보유통지원시스템 홈페이지
(http://seoji.nl.go.kr)와 국가자료공동목록시스템(http://www.nl.go.kr/kolisnet)에서 이용하실
수 있습니다.(CIP제어번호: CIP2018036302)

b ▲оᴄ는 (주)부키의 출판 브랜드입니다.
Always **B-Side** You.

–

어디에 가지 않아도,

무엇을 사지 않아도,

함께하지 않아도

–

그래도
오늘은
좋았다

글. 그림 이민주

라테에 바닐라 시럽 추가
언제든 행복해질 수 있어요

라테에 바닐라 시럽 추가

카페에 가면 주로 카페 라테를 마십니다. 허전함을 느끼는 날엔 바닐라 시럽을 넣은
바닐라 라테를 마시고요. 어쩌다 한 번씩 시럽의 달콤함을 찾아 주면,
달달한 기운이 온몸에 퍼져 나가면서 기분이 좋아지는 느낌입니다.
'커피 한 잔으로도 기분이 좋아질 수 있네' 하고 슬며시 미소를 띠면서요.
요즘 세상에 커피를 마시는 건 지극히 일상적인 일입니다. 그래서 한때는 헛웃음이
나오기도 했습니다. '고작 커피 한 잔 마셨다고 이렇게까지 기분 좋아질 필요는
없잖아? 일 년에 한 번 먹을까 말까 한 음식이면 모를까.'
하지만 고작 커피를 마시는 일로 기분이 좋아진다는 건 부정할 수 없었습니다.
지금도 여전하지만, 저는 꽤 재미없게 사는 사람이라서 이런 작은 일 하나하나에
의미를 부여합니다. 얼마나 재미없게 사는 사람이냐면,
제게 일탈이라는 것은 할 일을 살짝 미루고 드라마나 영화를 보는 정도이며,
학교를 땡땡이친 적도 없고 친구 집에서 자고 오는 정도의 외박도 해 본 적이 없습니다.
'이때 아니면 언제 즐기느냐'고 하는 대학 생활도 학교와 집만 부지런히 다니는
학생으로 보내 버렸습니다.
부모님이 통금 시간을 정해 준 것도 아니고, 오히려 너무 안 찾아서 서운할 정도였는데
말이죠. 제일 열심히 노는 시기가 1학년 때라는데 기억을 더듬어 보니
학기 중에는 한 번도 논 적이 없었습니다.

방학을 해도 한 달에 한두 번 친구를 만나 맛있는 것을 먹은 게 전부였습니다.

그냥 놀기가 싫었거나, 버틸 만해서 버틴 것은 아니었습니다.

너무 힘들어서 도망치고 싶었지만 혼자 속으로 삭인 적이 더 많았죠.

'이거 해 봤어?' 물어보면, '해 본 적 없어'라는 대답이 열에 아홉인 인생.

열심히 살아가는 건 아주 좋은 일임과 동시에 한구석을 찌르는 일이 되어 버렸습니다.

재미를 모르는 사람으로 남아 버릴까 봐 무서웠습니다.

'이렇게 열심히 살아서 남는 게 있을까? 못 해 본 게 너무 많은데.'

그렇다고 아무거나 실천할 수는 없었습니다.

맥주 맛도 모르는데 무턱대고 마시면 즐겁지 않을 테니까요. 그래서 주변에 있는

행복을 찾기 시작했습니다.

버스에서 창문을 활짝 열고 바람을 온 얼굴로 맞으며 바깥 구경하기, 새벽 네 시에

풀벌레 소리 감상하기, 좋아하는 음식 먹고 싶으면 바로 먹어 버리기 같은 것들을요.

어렴풋하긴 해도 분명하게 행복해지는 일은 있어요.

찾아보니 그런 일이 참 많더라고요.

그래서 이제는 나름의 방식으로 행복하게 살아가고 있습니다.

저처럼 어느 순간 삶이 재미없게 느껴진다면,

이 책을 읽으며 다시 행복을 찾아 주세요. 바닐라 라테를 마시면서.

이민주 #무궁화

차례

그래도 오늘은 좋았다 　#8#9

01 햇볕이 따스해서

—

따뜻한 햇볕은 사람의 입가를 끌어 올려 주는
능력을 가졌다.
별다른 일 없이 반복되는 날에도 볕이 좋으면,
나도 모르게 콧노래가 나온다.
해가 밝게 인사를 건네는 날에는
밖으로 나가 온몸으로 햇살을 받아들인다.
그럼 입가의 미소가 온몸으로 퍼지면서
행복한 기운을 가져다준다.
이런 날에는 햇볕을 쬘 거라고 핑계를 대고
놀러 가도 좋다.
생각보다 특별한 하루가 될지도!

02 피할 수 있다면 피하기

—

어른이 되면 모든 일에 당당한 사람이 될 줄 알았다.

할 말이 있으면 눈을 맞추고 제대로 이야기하고,

이건 아니다 싶은 게 있으면 아니라고 어엿하게 말할 수 있는 사람.

어른이 되고 나니 모든 일에 조심스러운 사람이 되어 있었다.

내 말의 의도가 잘못 전달되면 어떡하나 고민하다 입을 닫아 버리고,

가만히 있으면 중간은 간다는 말 뒤로 숨어 버리는 사람이 되었다.

조심해서 나쁠 게 없다고 생각하며 마음을 꾹꾹 눌러 낸다.

버티기 힘든 날이 찾아와도 그저 참고 또 참는다.

소란스러운 길을 지나가는 것보단 조용한 길을 지나가는 게 좋으니까.

03 여행의 다른 말

—

여행은 내가 좋아하는 것들을 한데 모아 놓는 일이 아닐까.

먹고 싶었던 음식들을 하루 종일 먹어 보고,

아름다운 풍경을 눈 안에 한가득 담아 놓고,

사고 싶었던 것들을 무리해서라도 잔뜩 구입하는 일.

온전히 나만을 위해 흘러가는 시간에 좋아하는 것들만 가득한 것.

그래서 여행은 행복 그 자체라고 말할 수 있는 것이다.

조금 살이 찌고, 과소비를 하고, 다리가 퉁퉁 부으면 어때.

좋아하는 것에 둘러싸여 있는데.

음악 스트리밍 사이트를 돌아다니며 노래를 발견하는

작은 취미가 있다.

숨겨진 좋은 노래를 발견하면, 소풍에서 아무도 찾지 못한

보물을 내가 찾은 것처럼 기분이 좋아진다.

이렇게 찾은 보물을 나만 알고 싶어 꼭꼭 숨겨 두고 혼자 듣곤 했다.

그런데 요즘은 같이 듣자고 먼저 말한다.

음악은 수많은 사람의 귀를 넘나들기 위해 탄생한 존재인데,

나 혼자 듣겠다고 하는 것은 음악한테 너무 가혹한 일이니까.

살아 있지 않은 것에도 나는 가혹한 사람이 되고 싶지 않으니까.

내가 세상에 말을 거는 수단인 그림과 잘 어울리는 노래를

발견할 때면, '이 노래 좋아요. 같이 들어요!' 하고 그림과 함께

소개하는 것이 습관이 되었다.

그렇게 노래 제목을 올려놓으면 사람들이

'이 노래도 잘 들어 볼게요. 다음 추천도 기대가 됩니다!'

처럼 설레는 메시지나 '저번에 올려 준 노래가 이제는 제일 좋아하는

노래가 되었어요' 같은 따뜻한 마음을 보내 온다.

꼭꼭 숨기지 않고 드러냈더니 보물은 더 눈부시게 빛나더라.

05 배드 모닝

'상쾌한 아침입니다'라는 말이 공감 가지 않는다.

해가 떠 있을 때 바쁘게 움직이는 세상의 흐름에 맞추려고

억지로 아침을 맞는 거니까.

아침에게는 미안한 일이지만, 꼭 반가워할 필요가 있을까 싶다.

세상이 잠든 밤에 바쁘게 움직이는 날이 많은 나는

아침이 달갑지 않다.

새벽 다섯 시가 되면 들려오는 새소리는 아직 끝내지 못한 일을

어서 끝내라고 재촉하는 것만 같다.

아직도 자지 않고 뭐 하느냐고 엄마가 방문을 열면, 벌써 아침이 왔나

싶어 괜스레 짜증을 냈다가 후회한 적이 얼마나 많은지.

아침에 일어나서 일하면 되는데 꼭 해가 지고 나서야

일을 시작하는 내 잘못인데 말이다.

그래도 세상의 구성원이니까 어쩔 수 없이 아침을 맞을 때면,

치약으로 있는 힘껏 상쾌함을 찾아낸다.

언제쯤 치약의 힘을 빌리지 않고 아침을 상쾌하게 맞을 수 있을까?

아직은 밤에 일을 시작하는 게 더 좋아서 '굿모닝'은 머나먼 일이다.

그래도 오늘은 좋았다 # 18 # 19

06 어쩌다 보니

–

'어쩌다 보니'라는 문구가 삶 곳곳에 침투해 있다.

어쩌다 보니 사회에서 규정하는 어른이 되어 버렸고,

그림을 그리는 것이 직업인 사람이 되어 있었다.

당장 오늘 저녁 식사로 무엇을 먹게 될지 모르는 인생에

'어쩌다 보니'는 당연한 것일까?

07 난로 한 장

—

마음을 아주 따뜻하게 데워 줄 정도의 온도가

꾹꾹 눌러 쓴 글자의 획을 타고 마음속으로 들어온다.

이 온도는 평생을 변치 않고 따뜻할 것이라고 말한다.

변하는 성질을 가진 온도를 어떻게 변치 않는 온도라

확신할 수 있느냐고 묻는다면 빛바랜 종이를 꺼내 들면 된다.

이 종이는 언제나 일정한 온도로 읽는 이의 마음을 데워 준다.

적어도 이 종이 안에는 평생토록 변치 않는 마음의 온기가

가득 채워져 있다. 이 종이는 '편지'라고 불리는 따스함이다.

편지에 담긴 마음은 편지가 사라지지 않는 이상 평생을 그 속에서 산다.

그렇기 때문에 세월이 흘러 추억의 먼지가 묻은 편지를 발견할 때면,

잊고 있던 추억의 온기가 돌기 시작한다.

그때는 미처 몰랐던 따뜻함까지 느낄 수 있어서 괜히 마음이 일렁인다.

추억이 가득한 편지는 아무리 오래되어도 온기를 잃지 않는다.

오히려 시간의 흐름을 끌어안고 따스함을 더한다.

다만 사라지지 않을 따뜻함이라고 소홀히 하면,

추억의 먼지가 두껍게 쌓여 버려 온도를 온전히 느낄 수 없게 된다.

그러니 가끔가다 한 번 정도는 읽어 보자.

꺼지지 않는 난로 같은 종이 한 장의 따뜻함을 잊지 않도록.

그래도 오늘은 좋았다 　#22 #23

08 마음이 건강합니다

—

몸에 안 좋은 것만 골라서 한다고 타박받지만,

자괴감을 느끼는 건 한순간이다.

적응의 동물은 이미 이 생활에 익숙해져 있다.

느지막이 일어나서 대충 배를 채우고,

해가 지고 나서야 할 일을 주섬주섬 꺼내 든다.

꺼내 들면 밤이고, 부지런히 움직이면 새벽이 찾아온다.

졸음이 밀려오지만 이대로 잠들기엔 아까워서

좀 더 버텨 본다.

동이 틀 때쯤 들리는 새소리에 아침이 되었음을 직감하며

좀 더 부지런히 움직여 본다.

결국 아침을 훌쩍 넘기고 나서야 일을 마무리한다.

그렇게 나쁜 생활 패턴이 반복된다.

밤을 가득 채워 만들어 낸 것들이 주는 뿌듯함에서

헤어 나오기 어려워 그냥 이렇게 살기로 했다.

건강하게 살기는 물 건너간 지 오래다.

—

09 고요의 위로

—

아득한 바다가 품고 있는 고요는 소란한 마음을 잠재우는 힘을 가졌다.

이곳에는 파도가 아주 낮은 음으로 철썩이는 소리뿐이다.

그 철썩임이 복잡한 마음을 깨끗이 쓸어 가 준다.

마음이 복잡할 때 바다로 떠나는 이유가 여기에 있다고 생각한다.

바다는 사람을 위로한다.

그래도 오늘은 좋았다 #26 #27

눈이 내리면 나는 동생과 함께 문을 박차고 나가

눈길에 폭폭 발 도장을 찍거나 두 뺨이 새빨개질 때까지

뒹굴며 노는 어린이였다.

아마도 대부분의 어린이가 그랬던 것처럼.

그 어린이가 이제 살기 바빠 커튼을 젖히지 않는다.

눈이 오는 것도 모르고 다음 날이 되어서야

'눈이 왔네' 하는 삭막한 마음을 갖게 됐다.

눈이 그치고 나서 뒤늦게 세상을 바라보면,

낭만을 즐길 만한 분위기가 아니다.

아스팔트 도로는 자동차 바퀴자국과 눈으로 뒤범벅되어 있고,

녹아 버린 눈이 만든 축축함은 눈이 왔다가 갔음을 알려 줄 뿐이다.

내가 낭만을 잊고 살았으니 아쉬워할 수만은 없는 노릇이다.

겨울을 즐기던 어린이를 되찾으려면, 내가 변해야 한다.

눈이 온다는 소식이 들려오면 커튼을 젖힐 줄도 알고,

조금 쌓였다 싶으면 재빨리 밖에 나가 첫 발자국을 남기는

영광을 누릴 줄 알아야 한다. 그렇게 눈이 주는 즐거움을 되찾아 가다

보면 눈 오는 날의 설렘을 다시 마음속에 품게 될 것이다.

그날의 설렘이 마음속에 소복하게 쌓일 때까지 눈을 기다린다.

그래도 오늘은 좋았다 # 28 # 29

–

콧속을 시리게 파고들어 마음속까지 아릿하게 만드는 밤공기.

그 특유의 내음은 괜스레 사람을 나약하게 만든다.

나약해진 마음은 어제의 실수에 얽매이게 만들고,

오늘 받은 상처에 눈물 나게 하고, 내일에 대한 걱정을 만들어 낸다.

밤공기 내음이 불러낸 눈물이 나쁘지는 않다.

시원하게 울고 나면 내일의 나는 좀 더 단단해질 테니.

–

그래도 오늘은 좋았다 #30 #31

–

옆에 앉아 있던 친구에게 대뜸 "너는 겨울 공기 좋아해?"라고 물었다.

친구는 추워서 공기 같은 거 생각할 겨를이 없다며,

겨울 공기를 예찬하는 나를 신기하게 쳐다봤다.

유독 추웠던 날, 찬 공기를 좋아하느냐고 물으니 신기한 모양이었다.

겨울 특유의 찬 공기를 좋아한다.

그 공기를 가슴 깊숙이 들이마시면 속에 있던 답답함이 밀려 내려간다.

속이 뻥 뚫릴 만한 것을 찾는 사람에게 겨울 공기를 마셔 보라고

추천하고 싶을 정도로, 겨울의 공기는 어떤 특별한 힘을 가졌다.

겨울이 되면 나는 매일 아침 집 밖을 나서며 긴 호흡을 준비한다.

그리고 밖으로 나가 공기를 들이마신다.

새로운 마음으로 오늘을 보내라는 공기의 인사를 받는다.

공기를 마음에 품고, 차분히 내려앉은 겨울의 분위기를 닮아 가려

발걸음 한다.

–

13 10년 뒤에도 변치 않길

—

12년 살던 동네를 떠나 지금 살고 있는 곳으로 이사를 온 후

11년째 살고 있다. 지금은 이곳을 참 좋아하지만,

처음에는 따분한 동네로 이사 가는 게 마음에 들지 않았다.

맛있는 식당도 많고 구경할 것도 많은 서울로 집을 옮기면

참 좋을 텐데, 왜 재미없는 동네로 이사를 가냐고

볼멘소리를 했던 게 생각난다.

지금도 유효한지 모르겠지만, 고등학교 3학년까지도

이 동네에서 학생들이 모일 만한 곳은 맥도날드가 유일했다.

입시 준비를 할 때 친구와 햄버거를 먹고 집에 가는 버스에서

"우리 동네 진짜 뭐 없다. 갈 데가 여기뿐이야……" 했던 기억이 있다.

여전히 변한 것이 없다. 대신, 환경도 그대로다.

대학교를 서울로 다녔던 나는 집으로 돌아오면 코도 뚫리고

속도 시원해지는 것을 제대로 느낄 수 있었다.

그때부터 우리 동네에 대한 애정이 쌓이기 시작했다.

서울에 사는 친구들에게 "이 기분 모르지? 진짜 공기가 다르다니까?"

하고 자랑하기도 했다.

집 앞의 동산은 계절의 가장 아름다운 모습을 담아내는 캔버스 같아서

그림을 그릴 때 가장 많은 영감을 준다.

계절이 바뀔 때마다 집 앞 버스 정류장에서 사진을 찍는 습관도 생겼다.

앨범에 담긴 사계절의 동산을 모아 보는 것도 이곳에 살기 때문에

느끼는 행복이다. 심심하고 재미없지만 우리 동네는

푸르른 자연이 주는 기쁨을 누릴 수 있는 흔치 않은 곳이다.

싱그럽고 잔잔한 우리 동네의 푸르름이 언제까지나 유효하기를.

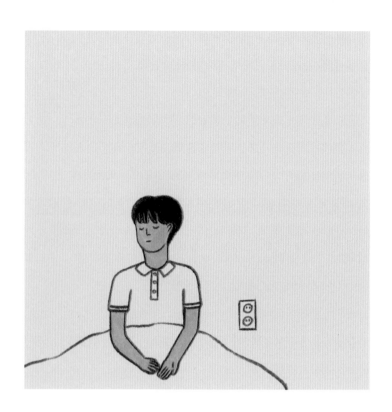

14 실수

–

생각을 표현하는 일은 어렵다.

'이걸 어떻게 말로 설명하지?'

누군가에게 생각을 전달하는 건 너무나 까다로운 일이라서,

생각이 잘못 표현된 말들이 전해질 때면 마음이 쿵 내려앉는다.

'그게 아니고……. 그러니까 이게 무슨 뜻이냐면…….'

이미 늦었다.

15 비 온 뒤 맑음

—

비 온 뒤 하늘의 아름다움에 저절로 시선이 빼앗겨 버린 날이었다.
집으로 가는 버스를 타자마자 부족한 잠을 채우기에
급급한 마음으로 자리에 앉았는데, 창유리를 뚫고 들어오는 빛이
하늘을 올려다보게 만들었다.
오후 네 시경, 240번 버스를 타고 영동대교를 건너던 그 순간은
어여쁜 하늘을 마주할 때마다 떠오른다.
천둥 번개가 치고 온갖 먹구름이 달려들어도, 언제 그랬냐는 듯
세상의 아름다운 색을 전부 끌어다 자신을 물들이던 하늘.
저러다 하늘이 산산조각 나는 건 아닐까 싶은 강력한 천둥 번개에도
다음 날이 되자 무슨 일이 있었냐는 듯 말끔히 털어 버리던 하늘.
면역력이 얼마나 좋은 건지 항상 고요를 되찾는 하늘.
그날, 하늘을 닮아야겠다는 생각을 했다.
당장은 도망치고 싶을 만큼 힘들어도, 내 위에만 먹구름이 가득한 것
같아도 아주 조금만 더 참으면 언제 그랬냐는 듯 무지개가 뜨고
웃어넘기게 될 테니. 그렇게 아픔을 이겨 내는 법을 알았다.
마음이 힘겨울 때는 멍하니 하늘을 바라보며 먹구름을 걷어 낸다.

—

16 가만히 있어도 좋아

—

사람들은 행복을 찾기 위해 부단히 움직인다.

유명한 맛집 앞에 길게 줄을 서고, 오랜 기다림 끝에 맛을 본다.

좋은 카페가 있다는 소식에 먼 거리를 감수하고 발걸음을 한다.

행복하려면 부지런해야 하는 걸까?

문득 이런 생각이 들었다. 게을러도 행복할 수 있지 않을까?

부지런하지 못한 나는 행복을 얻으려면 집 밖에 나서야 한다는 사실이
버거웠고, 그렇기 때문에 발견한 행복이 있다.

가만히 있는 시간이 주는 행복을 누리는 것이다.

매일 숨 가쁘게 보내다 마주하는 이 시간은 생각보다 더 달콤해서,

그 속에 녹아들고 싶게 만든다. 커튼 사이로 들어오는 햇살이 나른해

눈꺼풀이 조금씩 아래로 내려오면 그냥 그대로 눈을 감고 있어도 된다.

그저 주어진 여유를 누리는 것이다.

여기에는 이 시간이 아니면 만나지 못할 행복이 스며 있다.

바깥을 부지런히 돌아다니면 알 수 없는 행복이다.

그렇게 가만히 누워 있다 보면 멀리 여행을 떠나지 않아도,

특별한 계획이나 약속이 없어도 행복할 수 있다는 걸 알게 된다.

일상에서 벗어나려고 비행기를 타는 사람들을 부러워하지 않아도 된다.

내 방 창문 밖의 아름다운 하늘이 주는 행복도 그에 못지않으니까.

평소에는 보지 못했던 하늘의 색과 구름의 모양을 멍하니

바라보는 것만으로도 어딘가에서 벗어난 느낌을 가질 수 있다.

그러다 스르르 잠들어 버리면, 그게 그날의 행복인 거다.

부지런하지 않아도 참 행복한 하루를 보냈다고 말할 수 있는 거다.

17 각자의 바쁨

—

"여유로워서 좋겠다."

나를 보며 사람들은 그렇게 말한다.

하지만 나는 매우 바쁘다.

아침에 시간을 지켜 일어나지 않아도 되고, 가고 싶은 곳이 있으면

언제든 갈 수 있지만, 나는 전혀 여유롭지 않다.

믿기지 않겠지만 그렇다.

시간에 쫓기며 사는 행태를 '바쁘다'라고 칭하는 것을 잘 알고 있다.

그런 삶을 겪어 봐서 얼마나 힘든 일인지도 아주 잘 안다.

바쁜 세상을 벗어난 내가 그들의 세상에서는

제일 부러운 사람인지도 모른다.

그러나 바쁜 건 여전하다.

다른 사람들과 살아가는 방식이 살짝 다를 뿐이다.

나는 내 일을 위해 하루가 부족할 정도로 많은 생각을 한다.

움직이지도 않고, 무언가를 위해 행동하지도 않지만 나는 바쁘다.

나를 둘러싸고 있는 세상에 대해 생각을 하느라.

18 한숨의 무게

타인에게 한숨으로 가득 찬 마음을 꺼내 보이는 건

생각만큼 쉬운 일이 아니다.

나를 온전히 드러내는 것 자체가 어려운 일인데

민낯 같은 무거운 속사정을 꺼내는 건 정말이지 고민되는 일이다.

힘든 일 있으면 언제든 말해도 된다는 따뜻한 말에도

선뜻 마음이 들지 않는다.

따뜻함에 녹아 버려서 한번 말해 볼까 용기를 내려 하면,

말하고 난 뒤의 상황에 대한 온갖 걱정이 나를 휘감아 버린다.

이 순간만큼은 어찌나 그렇게 상대방에 대한 배려를 잘하게 되는 건지.

상대방이 겪어 보지 못한 내 고통을 억지로 이해시키려 드는 것은

아닌가, 나 하나 편해지자고 고통을 전가하는 것은 아닌가,

그렇다고 변하는 건 없을 텐데.

버티는 게 좋은 것만은 아니라는 사실을 잘 알면서도,

걱정의 무게가 버거우면서도 괜찮다는 거짓말을 능숙하게 해낸다.

버티면 버틸수록 무거운 한숨이 온몸을 지배해 버리는데 말이다.

결국 입 밖으로 아무것도 내뱉지 못한 채 혼자만의 방에 들어서면,

그제야 온 방 안을 가득 채울 정도의 한숨을 내어놓는다.

억지로 한숨을 삼키지 않아도 된다.

이곳에서는 목 놓아 울어도 되고, 깊은 우울 속에 잠겨 있어도 된다.
아프고 답답한 건 변함없지만 조금이라도 한숨을 덜어 내고
싶다는 마음의 표현이다. 그렇게 내 방은 위로가 필요한 한숨들이 모여
사는 곳이 되어 버렸다. 한숨이 켜켜이 쌓여 이미 탑이 되어 버렸다.
언제 무너질지 모를 정도로 아슬아슬하게.

—

혼자가 좋아졌다.

정확히 말하면 '혼자 다니는 것'이 좋아졌다.

혼자 다니는 건 생각했던 것처럼 외롭지도 않았고 슬픈 일도 아니었다.

오히려 나만을 위해 시간을 보낼 수 있어서 좋았다.

식사 메뉴를 고를 때도 목적지를 정할 때도 고려해야 할 대상이

나밖에 없으니 온전히 내가 좋아하는 것들로 가득 채울 수 있었다.

약속이 생기면 무조건 상대에게 맞추는 타입이라

내 의사는 뒷전이었던 나. '당신이 좋다면 나도 좋아요'로 일관된 선택.

상대방의 결정이 싫었던 건 아니었지만 내가 좀 더 마음에 드는

선택지가 있어도 종종 없는 척을 해 왔다.

그런데 혼자라면 내가 우선이 된다. 내 마음만 따라가면 된다.

그동안 놓친 것들을 하나씩 주워 담는다.

줍고 싶은 것이 생각보다 많아 일부러 더 혼자만의 시간을 가진다.

그렇다고 해서 '함께'가 싫어졌다는 건 아니다.

그저 그동안 보살피지 못했던 나를 챙겨 주는 것이다.

20 설렘 반 기대 반

—

아직 경험해 보지 못한 것들이 많지만,

그런대로 괜찮다.

경험이 부족한 나를 안타까워할 필요는 없다.

아직도 경험하지 않은 것들은 새로움으로 남아 있으니까.

겪기 전에 느낄 수 있는 기대와 설렘을 끌어안고 사는 것도

나쁘지 않더라.

—

'이건 무슨 향이지? 저번이랑 다른 향인데!'

창문 틈으로 섬유 유연제 향이 솔솔 풍겨 오면 그 이름이 궁금해져

베란다로 달려가 포장지를 확인한다.

섬유 유연제 향이 내 관심사가 된 건 빌라에 살았던 어린 시절부터다.

그 빌라는 구역을 나누거나 영역을 주장하는 것 없이

그곳에 사는 모두가 옥상에 빨래를 널어놓았다.

엄마가 빨래를 한가득 들고 위로 올라가면 나는 작은 손으로

양말 몇 켤레를 쥐고 쫄래쫄래 그 뒤를 따랐다.

길게 늘어진 옷 사이로 폴짝 뛰어 바람을 만들면, 내 움직임을 쫓아

윗집의 빨래 향기, 옆집의 빨래 향기, 우리 집의 빨래 향기가 따라오는

것이 재밌었다.

여기는 장미, 저기는 라벤더, 우리 집은 미모사.

아파트에 사는 지금은 일상의 작은 재미가 사라져 버렸다.

어디선가 섬유 유연제 향이 풍겨 올 때마다 옥상에서 빨랫줄 사이를

돌아다니던 시절이 그립다.

그때 그 향기가 나는 섬유 유연제를 사면,

옥상에서 불어오던 향긋한 바람이 떠오른다.

—

22 빵 투어

—

그동안 나는 빵보다는 밥이고, 한국인은 밥심으로 산다고 주장하며

밥 애호가로 살아왔다.

하지만 지금은 그 세월이 무색하게 집 밖을 나서면,

빵을 탐색하는 사람이 되었다.

요즘은 동네마다 특별한 맛을 자랑하는 빵집도 많고,

커피와 빵을 함께 맛볼 수 있는 카페도 많아

빵을 탐색하기에 어렵지가 않다.

어딜 가도 맛있는 빵 냄새가 솔솔 나는 탓에 하나둘 맛보기

시작하면서 알게 된 빵의 맛.

담백하거나 짭짤한 맛을 좋아하는 나는 바게트나 깜빠뉴,

치아바타를 사랑하게 되었고 발 도장을 찍은 빵집이 늘어나면서

나만의 빵집 리스트를 만드는 지경에 이르렀다.

왕십리에 가면 플레인 치아바타와 올리브 치아바타,

상수에 가면 바질 크런치, 도산공원에 가면 버터 프레즐.

빵을 사랑하게 된 후부터는 집으로 돌아가는 길이 즐겁다.

집을 벗어나 특별한 음식을 먹고 커피 한 잔의 여유를 즐기다

집으로 돌아갈 때면 가끔 허전함이 밀려오곤 했는데,

이제는 '오늘은 또 어떤 빵을 발견하게 될까?' 하는

소소한 기쁨이 하나 생겼다.

자주 갈 수 없으니 한가득 사 오는 탓에 팔이 좀 아파도,

빵을 사 오는 날은 얼굴에 행복이 가득하다.

그래도 오늘은 좋았다   # 52 # 53

23 오늘은 하늘이 참 예쁘다

–

날씨 좋은 날에는 구름이 아름다운 하늘 아래라면 어디든 좋으니

자리를 잡고 이야기를 나누자.

꼭 분위기 좋은 카페가 아니어도 되고,

멋진 풍경이 펼쳐진 데가 아니어도 된다.

시선을 위로 올리면 그 자체만으로도 아름다우니까.

같은 이야기도 하늘이 선사하는 아름다움 덕분에

괜히 더 웃음 나고 즐겁다.

그 이야기의 시작은 '오늘 하늘 정말 예쁘지? 한번 올려다봐'로

해 보자.

24 가을이 오는 소리

—

여름 내내 기다린 귀뚜라미 소리.

소매가 길어진 옷의 사각거리는 소리.

제법 쌀쌀해진 밤바람의 소리.

계절의 문턱에서 들려오는 가을이 오는 소리.

그래도 오늘은 좋았다 # 56 # 57

—

요즘 사람들에게는 완전한 휴식을 위해 잠을 청하는 날이
그리 많지 않다.
'지금 빨리 자 둬야 해. 그래야 버틸 수 있어'라는 마음으로
잠을 독촉하거나 지쳐 잠들어 버리거나 둘 중 하나다.
친구들과 메신저로 이야기를 나누다 보면
'내일 일어나려면 지금 자야 해……. 더 놀고 싶지만,
나는 먼저 잘게'라는 메시지를 꽤 자주 받는다.
억지로 잠을 청하는 느낌이다.
자유 의지로 잠들 수 있는 세상이 모두에게 왔으면 좋겠다.

매일 끼니를 때우는 건 꽤 힘든 일이다.

끼니마다 반찬을 만들어 먹기엔 요리는 생각보다 많은 체력이

필요하므로, 바쁜 세상을 살아가는 사람들에겐 특히나 그렇다.

그래서 대부분의 식사는 간편하게 먹을 수 있는 반찬이나

한 달은 족히 먹을 수 있을 정도로 가득 만들어 둔 반찬으로

식사를 하게 된다.

한 봉지씩 뜯어 먹는 김과 김치는

잊을 만하면 식탁에 올라오는 단골손님.

지겨울 때도 있지만, 그래도 내 속을 든든하게 채워 주는 건

밖에서 먹는 특별한 음식이 아니라 우리 집 온기가 담긴

소박한 밥상.

27 울어 버린 종이

종이에 물이 묻었다.

잘 말리면 다시 괜찮아질 거라는 말에 괜찮아질 때까지 기다렸다.

괜찮아질 거라는 말대로

시간이 지나자 다시 바삭거리는 종이로 돌아왔다.

하지만 울어 버린 자국은 그대로 남아 있었다.

한 사람이 상처를 받고 펑펑 울었다.

울어서 털어 버리고 다시 행복해지면 된다는 말에 행복해지려 노력했다.

행복해질 수 있는 것들만 찾아다녔더니 정말로 행복해졌다.

하지만 슬픔이 지워지지는 않았다.

그래도 오늘은 좋았다 # 62 # 63

그림은 자연이 그려 낸 것을 사람의 손길로

다시 한 번 탄생시키는 일의 한 종류인지도 모른다.

햇빛을 받아 빛나는 사람의 모습, 나뭇잎 그림자가 근사하게 드리운

나무 아래 누워 있는 사람의 모습은 자연이 미리 그려 낸

초상화가 아닌가.

초등학교에 입학했을 때, 학교에 도서관이 있어 정말 행복했다.

제각각 다른 세상을 담고 있는 책을 언제든 읽을 수 있다는 생각에

뛸 듯이 기뻤다.

놀이터에서 친구들과 뛰어노는 것도 재밌었지만,

조용히 앉아서 그림을 그리거나 책 읽는 것을 더 좋아했다.

미술학원 가는 날이 아니라면 빠짐없이 도서관에 출석체크를 했다.

그 출석체크는 교복을 입고 공부와 수행평가를 더 신경 쓰게 되면서

달성률이 떨어졌지만, 학창 시절 내내 이어졌다.

소설책보다는 문제집을 더 가까이해야 하는 고등학교 3학년 시절에도

관심 있는 작가의 신간 소식이 들려오면 어김없이 도서관으로

발걸음을 옮겼다. 도서관 출석체크는 그림을 그릴 때 좋은 상상을 하게

해 주는 꽤 괜찮은 습관이었다.

많은 경험을 해 보지 못하고 자란 나에게 접하고 싶은 세상을

상상으로 만들어 내는 힘을 갖게 해 줬다.

어떤 장면의 빛깔이나 향을 어렵지 않게 떠올릴 수 있게 되었고,

자유로운 상상가가 되어 흰 종이를 마주할 수 있게 했다.

조금 게을러졌지만, 여전히 나는 책 속 이야기로

새로운 상상을 불러 낸다.

30 여유 한 잔

—

카페에서 마시는 한 잔의 커피는

사치가 아닌 잠깐의 여유를 마시는 일.

그래도 오늘은 좋았다 # 68 # 69

—

"엄마는 왜 맨날 나한테만 물어봐! 내가 그걸 어떻게 다 알아?

요즘 인터넷에 검색해 보면 다 나오는데!"

내가 물어보면 엄마는 확실한 정답이 아니더라도

하나하나 다 알려 줬는데.

내가 지녔던 수많은 물음표를 지워 줬는데.

내가 세상을 처음 만났을 때처럼 엄마도 처음 만나는 게 많아서

궁금해졌을 뿐인데.

뭐가 그렇게 귀찮다고 모진 말만 꺼냈던 걸까.

모진 말을 쏘아붙이고는 뒤늦게 엄마의 질문을 낱낱이 검색해 보는 나.

참 못난 딸이다.

—

굳이 찾지 않아도 일상 구석구석에는 재미있는 일들이 늘 있다.

주변인들과 나누는 실없는 대화 속에도,

혼자 보내는 시간 속에도 생각보다 꽤 많은 재미가 가득하다.

사전을 보면 재미의 뜻이 '아기자기하게 즐거운 기분이나 느낌'이라는데,

일상의 잔잔한 즐거움이야말로 '재미'라고 표현하기에 안성맞춤이다.

엄마가 라디오에서 들은 난센스 퀴즈의 정답을 알려 줄 때면

나는 어이없어 하며 실소를 터트리곤 한다.

사실 그 순간에는 재미있는데 엄마한테 지기 싫어서

애써 재미없는 척하는 내 마음이 숨겨져 있다.

하다못해 자다 일어나서 마주하는 우스꽝스러운 내 모습도 재미있다.

머리카락은 어쩜 그렇게 매일 모습을 바꾸는 건지,

한번은 비몽사몽으로 물컵을 들고 화장실에 들어가 물을 받다가

정신을 차리는 내 표정이 너무 웃겨서 혼자 깔깔 웃은 적도 있다.

나는 그냥 이런 사소한 것들이 재미있는 것이다.

내가 웃음을 터트리고 있는 순간이라면,

그 순간을 재밌는 순간이라고 말하기로 했다.

33 비가 내려서 음악이 흐른다

—

창문 앞에 서서 추적추적 내리는 비를 바라보는 일은 꽤 낭만적이지만,

비가 온다는 것 하나만으로 나가기 싫어지는 이유가 수두룩해진다.

중력의 영향을 다른 날보다 더 받게 되는지 바닥과 한 몸이 되어 버리

기도 하고, 습기를 머금은 공기가 온몸을 감싸며 불쾌한 기분을 가져다

주기도 하니까. 비에 젖은 칙칙한 잿빛 도시는 우울감을 잔뜩 머금고

있다가 사람들의 마음을 적셔 버린다.

사람들은 비 오는 날 유독 물기 젖은 노래들을 찾아 듣는다.

밖에서 빗방울 떨어지는 소리가 들려오면, 에픽하이의 〈우산〉이나

러브홀릭의 〈Rainy Day〉가 플레이리스트 맨 위를 차지한다.

이런 날은 홀로 조용한 방에 앉아 슬픈 노래 가사를 읊조리며

하루를 보내고 싶다. 문밖을 향해 한 발자국도 나서고 싶지 않다.

이렇게 나가고 싶지 않은 이유가 즐비한데도 밖으로 나서야 했던

어느 날, 비 오는 날이 기다려지는 나만의 이유가 생겼다.

그날 나는 우산 하나를 손에 쥐고 타박타박 걷고 있었다.

갑자기 걸음걸이를 타고 비 냄새가 올라왔고 자욱한 안개가 만들어 준

운치가 마치 영화 속 주인공이 된 듯한 기분 좋은 착각에 빠지게 했다.

울퉁불퉁한 콘크리트 바닥에 생긴 웅덩이로 떨어지는 빗소리,

우산 위로 타닥타닥 떨어지는 빗소리가 평소에는 들을 수 없는

아주 특별한 배경음악 같았다. 특별할 것 하나 없는 비 내리는 풍경이

일상에 특별한 순간을 만들어 주다니.

이런 평범함이 주는 특별함을 언제 또 만날 수 있을지 모르니까,

이제 나는 일기예보의 우산 표시가 꽤나 반갑다.

—

사람은 생각하는 것보다 더 단순한 존재일 수 있다.

한없이 우울하다가도 다음 날 좋은 일이 생기면

언제 우울했는지도 모르게 밝아진다.

그만큼 금방 털고 일어날 수 있는 게 사람이라는 말이기도 하다.

—

시끌시끌한 도시를 뒤로하고 적막이 흐르는 방에서 나는

책장 넘기는 소리가 참 좋다.

그 어떤 방해도 없이 책을 즐길 수 있는 시간의 소리.

이렇게 책을 읽을 수 있는 게 이제는 특별한 시간이 되어 버려서

더 그렇다.

그래도 오늘은 좋았다   # 78 # 79

—

다른 사람에게 이해를 강요하지 않지만,
내가 나에게 이해를 강요하곤 한다.

'모든 사람이 나와 생각이 같을 수는 없으니 이해해야지.'
'꼭 그럴 필요는 없을 텐데, 왜 그렇게까지 하려는 건지
모르겠지만 이해하자.'
'이유가 있을 거야. 이해하기 힘들지만 노력해 보자.'

가끔은 내 마음이 첫 번째가 되어도 될 것 같은데,
누군가를 이해하려고 사는 게 아닌데.
마음이 점점 사막이 돼 간다. 물이 필요하다.

—

매년 봄이 되면 따뜻한 공기를 타고 향기가 들어와

마음을 마구 간지럽힌다.

처음에는 어떤 나무에서 핀 꽃이 인사하는 건지 알 수가 없었다.

집 앞에 있는 산에서 풍겨 오는 향기임이 분명한데,

잎이 무성한 나무가 가득해 아무리 쳐다봐도 알 수가 없었다.

이 향기에 대해 내가 아는 유일한 정보는

어린 시절 엄마 손을 잡고 갔던 숲에서 맡은 향기라는 것뿐이었다.

꽃의 이름을 한시라도 빨리 알고 싶어

오월에서 유월에 만날 수 있는 꽃나무들을 찬찬히 찾아보았다.

꽃의 이름은 아카시아였다.

아카시아가 자신의 향으로 공기를 향긋하게 물들이고 있었다.

그날부터 나는 오월에서 유월 사이, 바람에 실려 콧속을 파고드는

달달한 아카시아 향기를 기다린다.

일 년에 한 번 만나는 반가운 친구가 생긴 것만 같다.

—

—

시간이 쉬지 않고 흘러가서 속상하다.

나이를 먹는 게 싫다거나 책임이 늘어나는 게 싫다는,

단순한 이유는 아니다.

시간이 흘러간다는 건 떠나보낼 일들이 다가온다는 뜻이다.

행복했던 순간과의 이별, 그리고 행복을 나눈 사람과의 이별.

세상에 이별을 겪지 않는 사람은 없다.

나 또한 겪을 테니까 미리 준비해야겠다는 생각을 한다.

참 떠올리기도 싫은 단어다.

이별을 막을 수 있는 능력 같은 건 없으니,

가능한 한 이별할 때 덜 아프고 덜 후회하도록 해야 한다.

이별할 때 가장 마음 아프고 후회될 것 같은 사람, 우리 엄마.

엄마는 맛있는 음식 먹는 걸 좋아하는데, 아직 못 먹어 본 음식이 많다.

그래서 몇 해 전부터 어딜 가면, 무리해서라도 집에 맛있는 걸 사 간다.

혼자 먹어도 되는데 꼬박꼬박 집에 사 가는 나에게

한 지인이 돈이 아깝지 않으냐고 물었다. 나는 고개를 저었다.

그 돈으로 엄마에게 좋은 기억을 선물하는 능력을 살 수 있는데

아낄 수가 없다.

—

돈 함부로 막 쓰고 다니지 말라고 잔소리를 하다가도

누구보다 맛있게 먹는 엄마를 볼 수 있을 때 많이 봐야 하니까.

요즘 들어 내가 사 온 음식을 맛나게 먹는 엄마를 마주할 때마다

안 보였던 흰머리가 보인다.

속상한 마음에 흰머리를 뽑으려 하면 엄마는 내 손을 막는다.

멋진 흰머리를 가진 할머니가 될 거라며 음식을 먹는다.

괜스레 심술이 나서 "사 온 거 먹지 마" 하며 어리광을 부린다.

내가 어린애처럼 행동하면 엄마도 그때의 엄마처럼 보일까 하는

바보 같은 생각을 한다.

속절없이 흘러가는 시간이 밉다.

운전면허를 취득할 수 있는 나이가 되고부터

차를 모는 사람들이 가끔 부러웠다.

원하는 경로로 편하게 이동할 수 있다는 건,

내게 순간이동을 하는 마법 같았다.

하지만 면허를 따야겠다고 생각해 본 적은 없다.

앞만 보고 쌩쌩 달리는 자동차는 우연히 마주칠 수 있는

아름다운 풍경을 너무 무심히 지나친다.

놓치고 싶지 않은 풍경을 사진으로 남겨

두고두고 꺼내 보는 걸 좋아하는 나에게는 속상한 일이다.

버스나 지하철에서 아름다움을 놓칠 때마다 얼마나 아까웠는지.

머릿속으로 흐릿해진 풍경을 떠올려 보면 아직도 아쉬움이 가득하다.

그래서 느리더라도 걸어 다니고, 걸어 다니는 게 힘들 땐

자전거를 타기로 했다.

조금 불편해도 괜찮다.

그래도 오늘은 좋았다 # 86 # 87

그 불편함 속에 수많은 것이 나를 기다리고 있다.

바람에 살랑살랑 흔들리는 풀잎들의 움직임,

강 건너편으로 보이는 서울의 반짝임 같은 것들은

그냥 지나치기에 너무 아름다운 풍경이다.

자동차가 편하고 빠르다고 해도

나는 느리게 자전거를 타는 사람이 되고 싶다.

간혹 마주치는 풍경을 놓치지 않도록,

아주 천천히 내가 지나는 모든 풍경을 보고 느낄 것이다.

내가 집에서도 행복할 수 있는 이유는,

좋아하는 TV 프로그램을 보며 시원한 과일을 먹는 것만으로도

행복하다고 말할 수 있기 때문이다.

복잡한 생각은 다 잊고 아무 생각 없이 웃으며

TV를 볼 수 있다는 게 얼마나 행복한가.

잠시 과일 맛볼 시간을 가질 수 있다는 것은 또 얼마나 행복한가.

—

'밤이라 그런가 조금 어색한 이야기를 쓰게 되네.

그래도 지금 아니면 못 쓸 것 같아서 쓰고 있어.'

고등학교 2학년부터 3학년까지 한 친구와 편지를 자주 주고받았다.

우리는 온종일 붙어 지냈는데도 또 매일같이 서로에게 편지를 썼다.

매달 한 번씩 반 친구에게 편지를 쓰는 귀여운 행사 덕분일 수도

있지만, 유독 이 친구와는 특별한 날이 아니어도

'우리 이따 치킨버거 먹고 공부하러 갈래?' 같은 것부터

'과는 다르겠지만 같은 대학교 가서 같이 등교하면 진짜 좋겠다!'

같은 수험생의 일상적인 이야기까지 편지에 써 보냈다.

모서리가 닳아 버린 메모지도 유용하게 사용할 정도로.

시시콜콜한 것까지 크고 작은 종이로 주고받아

내용이 잘 기억나지 않을 법도 한데, 내 머릿속에는

밤에 써서 나중에 보면 부끄러울 것 같다는 말로

진심을 꺼내 놓은 편지가 지금까지 남아 있다.

일상이 아닌 마음을 쓴 편지여서 그런 것일까.

그 편지의 영향을 알게 모르게 받은 것인지 그 후부터 나는

밤을 기다렸다가 편지를 쓴다.

42 무너진 모래성

_

내 마음대로 아플 수 없다는 현실이 여러모로 나를 무너트린다.

이따금 고통이 찾아올 때면 아주 거센 파도가 덮쳐 오는 듯한

아픔이 나를 괴롭힌다.

아프다는 이유 하나만으로 부서지는 파도에

와르르 무너지는 모래성이 되어 버린다.

고통이 다가올 것을 예상하지 못하고 직격타로 맞아 버려서

그런 것일까. 괴로움이 닥치면 머리가 멍해져서

어떻게 해야 할지를 잘 모르겠다.

그래서 그냥 참는다.

아프다고 말하면 칭얼거리는 아이처럼 보일까 봐.

어떻게든 참아야 한다는 생각에 답답해져 마음은 병들어 가는데,

그 와중에도 내가 해야 하는 일들이 아른거린다.

그래서 아픔을 잘 이겨 내는 척하며 살아간다.

하루쯤 푹 쉬어도 괜찮다고 누가 말해 준다면,

아주 조금은 편해질 것 같다.

_

그래도 오늘은 좋았다 #94 #95

—

타인의 고통을 온전하게 이해하는 사람은 없다.

그러니 조심히 다가가야 한다.

겪어 보지 않은 일에 대해 함부로 판단하고

'금방 지나갈 거야'라고 말하는 것은

그 사람에게 굉장한 상처가 된다는 것을 알아 둬야 한다.

이해를 바라는 것이 아니다.

고통이 얼마나 큰지, 얼마나 괴로운지 알아 달라는 게 아니다.

아주 잠깐이라도 괜찮으니 위로를 원하는 것이다.

지나가는 말이라도 괜찮다.

홀로 힘들어하는 사람을 토닥여 주자.

당신이 전한 마음이 그 사람에게는 하루를 견뎌 낼 힘이 될 테니.

—

44 My Favorite Things

—

내가 무엇을 좋아하는지 안다는 건 상당히 중요한 일이다.

힘들거나 우울할 때, 그런 나를 확실하게 끌어올려 주는 것을

알고 있다면 그보다 값진 게 없을 것이다.

45 끈적끈적

—

미련은 맨발에 끈적하게 달라붙는 한여름의 습기 찬 바닥처럼 불쾌하다.
이제 다 털어 냈다고 생각했는데 자꾸만 달라붙어서 떨어지지 않는 것
을 보니 마음 한구석에 미련을 붙여 놨던 게 분명하다.

46 친한 사람이 별로 없습니다

—

인간관계만큼 많은 생각을 하게 만드는 주제도 없다.

특히나 넓은 인간관계가 좋은가, 좁은 인간관계가 좋은가에

대해서는 몇 번이고 생각을 곱씹게 된다.

이런저런 일을 겪으며 가치관이 달라진 나는

좁은 인간관계를 선호하는 편이다.

자꾸만 관계를 정리하게 되고, 그것에 미안함을 갖지 않게 됐다.

예를 들면 갑자기 날아온 '잘 지내?'라는 단문의 메시지는

난색을 띠게 한다. 안부의 말 뒤에 자신의 본심을 숨기는

경우가 대부분이기 때문이다. 내가 잘 지내는 것은 중요하지 않고,

자기 이야기만 하느라 바쁜 사람들.

모든 안부가 그런 건 아니지만, 이 단문의 안부는 나와 가늘게 이어진

관계를 유지하기 위한 하나의 장치라는 느낌이 강하게 든다.

결국 의미 없는 대화로 끝을 맺는다.

이 관계가 정말 필요한 관계인지 의문이 들 수밖에 없다.

몇 달에 한 번 연락을 해도 마음을 녹여 주는 사람 몇 명이면

충분하다.

'요즘 나는 이렇게 지내고 있는데,

너는 어떻게 지내고 있는지 듣고 싶어.'

서로 이야기를 들어 주는 관계는 언제나 마음을 말랑하게 녹여 준다.

넓은 인간관계를 가지고 있지는 않아도

좁은 인간관계만으로 충분하다.

그 몇 명의 사람들이 나를 단단하게 만들어 준다.

47 상대적 능력자

—

크고 작음에 상관없이 누군가에게 도움 주는 사람이 되고 싶어서

그림 수업을 시작했다.

수업을 진행하다 보면 부끄러워지는 말과 눈빛을 받게 된다.

"신기해요. 어떻게 그렇게 쓱쓱 그릴 수 있는 거죠?"

그 말과 눈빛은 아무것도 아닌 사람을 특별한 재주가 있는 사람으로 만들어 준다. 그럼 나는 입가에 슬쩍 걸릴락 말락 하는 미소를 애써 감추며 급하게 그림 설명으로 넘어가 버린다.

대신, 그림을 설명하기 전에 넌지시 건네는 말이 있다.

"저는 대학 동기를 제외하고는 전부 그림이랑 거리가 먼 친구들밖에 없는데요. 그중에 회계사 준비를 하는 친구랑 주고받았던 메시지가 갑자기 생각나네요."

4학년 때, 한창 졸업 전시 준비에 정신이 없어서 중간고사를 제대로 챙기지 못한 적이 있었다. 당장 내일까지 끝내야 하는 과제가 있는데 앉아서 공부를 하려니 죽을 맛이었다. 무작정 달달 외우는 것도 싫어서 공부를 슬쩍 뒤로 밀어 두는 쪽을 택했다.

문득 매일 장시간 공부를 하는 친구가 대단해 보여서 '너는 어떻게 매일 그 어려운 공부를 하는 거야? 나라면 절대 못 할 것 같아'라는 메시지를 보냈다. 그러자 '난 네가 더 대단한 것 같은데, 차라리 공부가 나아'라는 메시지가 돌아왔다.

이 이야기의 말미에 꼭 덧붙이는 말이 있다.

"상대적인 거예요. 제가 그림을 더 잘 그리는 대신, 여러분보다 못하는 게 분명 있어요. 그러니까 각자의 위치에서 모두 대단한 사람들이에요."

—

더워서 '더' 좋은 것들이 생긴다.

차가운 물, 시원한 과일…….

더위를 식혀 주는 모든 것이 덥다는 이유 하나만으로

더 큰 행복을 가져다준다.

이따금 머리카락을 살랑거리는 바람은 덤.

좋아하지 않는 것 때문에 좋아하던 것들이 더 좋아지는 건,

고마움이 싹트는 일이다.

더운 여름을 견디게 해 주는 고마운 존재들.

그들이 있어 무더운 여름을 버텨 낸다.

그래도 오늘은 좋았다 # 104 # 105

—

한동안 눈물이 나지 않았던 적이 있다.

하루하루 일에 치여 로봇처럼 살았던 때였다.

여유롭게 생각할 시간도 없었고,

순간의 감정을 마음에 품고 지낼 수도 없었다.

마음이 건조하니 뭘 해도 감흥이 없어서

슬프거나 감동적인 것을 봐도 눈물이 나지 않았다.

'그래. 너무 슬픈 이야기야' 하고 마는 게 전부였다.

정말 슬픈 이야기였는데 눈물이 나지 않아서

안구 건조증에 걸린 건 아닐까 생각하기도 했다.

요즘은 로봇으로 살아야 하는 정도는 아니니까

마음에 물이 조금 차올랐는지 오랜만에 눈물이 났다.

그림을 그리려면 많은 생각이 필요해서 별의별 생각을 다 하고 사는데,

이런저런 상념을 뒤적거리다 마주한 것에 눈물이 나 버렸다.

하필 생각만 해도 눈물 나는 소재였던 게 문제다.

슬픔을 느끼지 못한 것이 아니고, 외면하고 살았던 거구나.

이제야 슬퍼하고 있다.

그래도 오늘은 좋았다   # 106 # 107

—

나를 찍는 것이 어색하고 부끄러워서

남과 주변 찍는 것을 더 좋아한다.

자신을 찍을 때는 예쁘게 단장한 모습을 찍는 게 보통인데,

나는 잘 꾸미지 않으니, 자연스레 내 모습을 남기지 않게 되었다.

살아가는 동안의 내 모습을 남기지 않는다는 게 아쉽기도 했지만,

그래서 더욱 내 주변의 세상을 남기고 싶었다.

내가 어떤 모습이든 내 세상은 아름답고 추억할 거리가 가득하니까.

'이날 하늘 정말 예뻤는데'와 같은 아주 일상적인 단상부터

'이거 작년에 먹었던 무화과 파운드케이크인데,

다른 곳으로 가게를 옮겼어. 이제는 못 먹어서 아쉬워'와 같은

떠나간 것들에 대한 추억까지.

내 앨범에 나는 없지만, 나를 이루는 것들이 가득하다.

51 우리 것이 좋은 것

—

참 희한한 일이다.

특별한 보리가 들어간 것도 아닌데

우리 집 보리차가 더 시원하고 맛있다.

나만 그러는 게 아니다. 가족 모두 우리 집 물이 최고라고 외친다.

다 함께 외식을 하거나 여행을 갔다 오면

우리 가족은 제일 먼저 냉장고 문을 열고 물을 마신다.

역시 우리 집 물을 마셔야 목마른 게 가신다며

물병에 한가득 담겨 있던 보리차를 모조리 마셔 버린다.

보리차는 보리를 볶는 기술에 따라 맛이 좌우된다고 한다.

우리 집 보리차는 남다른 기술이 들어간 것도 아니다.

시중에서 쉽게 구할 수 있는 흔한 보리차를 구입해

대충 넣고 싶은 만큼 넣고 끓인 물인데 제일 맛있다고들 한다.

특별한 건 아무것도 없지만 이 물에는 특별함을 뛰어넘는

'우리 집'이라는 속성이 담겨 있다.

'우리 것'이니까 다르게 느껴지는 게 아닐까?

우리 엄마 요리가 세상에서 제일 맛있는 것처럼 말이다.

—

TV 애니메이션을 보며 까르르 웃는 일곱 살의 나에게

엄마가 슬며시 다가와 차가운 오이를 올려놓았다.

나는 이걸 왜 얼굴에 올리느냐며 바닥에 후드득 떨어트렸다.

더군다나 세상에서 가장 싫어하는 것 중 하나인 오이를 올려놓았으니

1초도 참을 수가 없었다.

엄마는 피부에 좋은 거라며 빨리 다시 올리라고 하고는

오이를 아삭아삭 씹으며 내 옆에 누웠다.

"좋은 거 엄마 많이 해!" 하면서도 코를 찌르는 오이 냄새를

꾹 참아 가며 엄마 옆자리를 차지했다.

오이 냄새는 싫은데 엄마 옆에는 있고 싶고,

엄마가 하는 일은 다 따라 하고 싶은 아이의 마음.

그때는 너무나 싫었는데 돌이켜 생각해 보면

좋은 추억으로 남은 것들이 있다.

내게 오이 마사지가 딱 그런 거다.

여전히 오이는 세상에서 가장 싫어하는 채소고,

참을 수 없는 냄새를 풍겨 눈살을 찌푸리게 하는 존재다.

하지만 오이 마사지만큼은 아주 향긋해서, 미소가 절로 걸린다.

—

사람이 누워 있는 그림이 많은 것 같다며 특별히 자주 그리는

이유가 있냐는 질문을 받은 적이 있다.

이 질문을 받은 후, 외면하고 있던 무언가를 깨닫고는

그 충격에 한참을 멍하니 있었다.

할 일이 눈꺼풀을 가로막는 탓에 밤새는 날이 많아서,

무의식적으로 자고 있거나 누워 있는 그림을 많이 그린 것 같다고

있는 그대로 대답했다.

이따금 뭘 그리고 싶으냐고 자문하면,

그리고 싶은 거 그리는 거지 하고 자답했는데,

나도 모르는 새 그림에 욕망을 불어넣고 있었다.

생각해 보니 편안한 얼굴로 잠자는 그림을 그린 날에는

아무리 피곤해도 기분이 좋았던 것 같다.

손가락 까닥하지 않고 누워 있고 싶고,

나를 방해하지 않는 평화로운 곳에 있고 싶고,

가장 편안한 표정으로 달콤한 잠에 빠지고 싶었던 나의 모습.

현실은 지독하게 나를 괴롭히고 잠 못 들게 하니,

그림 속 세상에서만이라도 자고 싶을 때 잠들고 싶었나 보다.

—

54 양면 색종이

―

양면 색종이를 보고 있으려니

왠지 모르게 나와 닮았다는 생각이 든다.

아무것도 하지 않고 놀고 있으면

바쁘게 움직이는 내가 보고 싶고,

먹고 싶었던 음식을 잔뜩 먹고 기분이 좋다가도

더부룩함에 괜히 후회하는 나.

빨간색이었다가, 청록색이었다가

양면 색종이처럼 자꾸만 뒤집히는 내 마음.

—

길을 걷다 보면 담벼락 위에서 빤히 쳐다보는 시선이

느껴질 때가 있다. 혼자만의 착각일 수 있지만,

담벼락 위 고양이와 눈이 마주치는 날이면

내가 오기를 기다렸다는 신호를 보내는 것 같아 기분이 좋아진다.

고양이는 자기만의 시간표가 있는 듯 매일 비슷한 시간에

담벼락 위로 스르륵 올라가 골목을 지나는 사람들을 지켜봤다.

그 앞에 서서 눈을 맞추면 고양이는 가끔 천천히 눈을 감았다 떴다.

어디선가 고양이가 천천히 눈을 감았다 뜨는 건 인사를 보내는

의미라는 얘기를 들었다.

별 뜻 없이 눈을 깜빡인 것일 수도 있지만,

날 경계하지 않는다고 말해 주는 것 같아서 착각일지라도 기뻤다.

그 신호의 뜻을 알게 된 순간부터 길거리에서 고양이들을 만나면

눈도장이 찍고 싶었다.

최근에는 길고양이들을 챙겨 주는 사람을 쉽게 볼 수 있지만,

얼마 전까지만 해도 길고양이는 더러우니 가까이 가지 말라는 소리를

자주 들었다. 그래서 길고양이를 만나면 소심하지만

따뜻함을 전해 주고 싶은 마음에 꼭 눈도장을 찍기 시작했다.

나의 작은 관심이 예고 없는 따뜻함으로 다가가서

생각보다 더 큰 따뜻함이 될지도 모르니까.

56 지나간 것들로 지나간 날을 추억한다

—

지난날을 돌이켜 본다.

특별했던 순간을 추억한다기보다는

보통날 중에 쉽게 잊히지 않는 그런 날을.

마음이 편치 않았던 날 발매되었던 슬픈 노래를,

같은 이유로 마음이 편치 않을 때 다시 꺼내 들으며

그때를 떠올리는 것이다.

기분이 좋았던 날 먹었던 음식도

지난날을 떠올리며 또다시 먹어 본다.

'그날은 날씨가 화창했고, 조금 덥긴 했어도

여름의 정취가 고스란히 느껴지는 날이었지' 하면서.

작은 것들로 촘촘히 채워진 지난날이 오늘을 만든다.

오늘은 더욱 촘촘히 쌓아야지.

한결 촘촘해진 지난날을 추억할 훗날을 위해.

57 행복에 에너지 쏟지 않기

—

향긋한 커피를 마시면 입가에 미소가 번지고, 맛있는 빵을 먹으면
웃음이 난다. 좋아하는 책을 하나 곁에 두고 읽으면 더 좋다.
주변에 나를 웃음 짓게 해 주는 것들은 생각보다 많다.
행복하려고 애쓰지 않아도 되고, 행복을 찾아다닐 필요도 없다.

58 뽀루지

—

바쁘고 힘든 일정을 따라다니다 보면 자꾸만 뽀루지가 하나둘 생긴다.

아프고 보기 미운 것도 있지만, 그동안 쌓인 피곤함 때문에

생기는 것 같아서 빨리 터트리고 싶은 마음뿐이다.

시든 나를 없애 버리고, 어서 생기를 되찾아 주고 싶다.

—

—

마실 때마다 목을 톡톡 쏘아 대는 탄산음료를 싫어했다.

언제나 좋아하는 친구들에게 탄산음료를 나눠 주고,

목을 쏘지 않는 음료를 찾아다녔다.

탄산음료 말고 갈증을 해소할 만한 게 없을 땐,

심호흡을 크게 하고 힘겹게 마시던 내 모습이 심심찮게 생각난다.

대학교에 다닐 때만 해도 그 따가운 음료를 벌컥벌컥 마시며

시원하다고 외치는 주변 사람들이 신기했다.

이제는 무슨 맛으로 마시는지 안다.

그렇게나 싫어했는데, 놀랍게도 지금의 나는 탄산음료를 사 마신다.

톡 쏘는 탄산의 맛에 기분이 좋아진다는 게 어떤 건지 알게 되었다.

속을 꽉 막고 있던 답답함을 터트려 주는 느낌에

마음속 깊숙한 곳까지 시원함을 느낄 수 있는 맛이다.

자주 마시면 몸에 나쁘다는 걸 알면서도

뻥 뚫린 기분을 잠깐이나마 느끼고 싶을 땐 저절로 손이 간다.

탄산음료는 이제 내가 좋아하는 음료가 되어 버렸다.

어디서 자꾸 데려오는 건지, 계속해서 늘어나는 화분들이

우리 집 베란다 바닥을 차지하기 시작했다.

엄마는 아파트 화단에 버려진 아이들을 데려와

적당한 화분에 옮겨 심고 햇빛 잘 드는 곳에 두어

그 아이들을 다시 생생하게 살려 주었다.

베란다가 온통 식물 천지라고, 저걸 어떻게 다 키우느냐고 묻기도

했지만 시든 식물들을 다시 살리려 애쓰는 엄마의 모습이 좋았다.

누렇게 바랜 이파리의 얼마 남지 않은 푸른 부분을 가리키며

"이것 봐, 아직 안 죽었지? 다시 살아날 수 있어!"라고

자부하는 모습을 엄마는 꽤 자주 보였다.

나는 그때마다 의구심을 품었지만, 시간이 지나면

식물들은 무슨 일이 있었냐는 듯 파릇파릇하게 살아났다.

그렇게 소생한 식물들을 바라보고 있으려니,

어쩐지 내 모습을 보는 것만 같았다.

시들해진 모습으로 집에 들어온 나에게

생생한 기운을 불어넣어 주는 엄마.

우리 엄마는 매일 마법을 부린다.

가만히 있어도 온몸의 곡선을 타고 땀방울이 흘러내리는 여름은
불쾌한 계절이다.
갈수록 더워지는 날씨에 불쾌함이 자꾸만 쌓이면,
나는 거실의 차가운 바닥을 찾아 몸을 누인다.
차가운 바닥이 몸에 닿으면 맺혔던 땀방울이 사라지면서
온몸이 시원해진다.
선풍기나 에어컨으로 빠르고 편하게 시원해질 수 있는 요즘이지만,
이렇게 더위를 식히는 방법도 꽤 좋다.
무더운 여름에도 잔잔한 바람이 분다는 것을 알 수 있고,
여기에 시원한 여름 과일을 하나 곁들이면
집에서 즐기는 작은 휴양지가 완성된다.
불쾌함이 만들어 준 여름날의 작은 기쁨.
여름이 되면 방문을 열고 거실로 나가서 차가운 바닥으로 향한다.
더위를 피하는 나만의 방법이 생긴 것만 같은 기분이다.

평화를 좋아하고 싸우는 건 싫어한다.

그런데 나는 하루도 빼먹지 않고 나와 싸우고 있다.

엄청난 아이러니다.

일어나기 싫어하는 나와 싸워서 일어나고,

아래로 곤두박질치는 눈꺼풀과 싸워서 힘겹게 끌어 올린다.

만신창이가 되고 나서야 다음엔 절대 후회할 일을 만들지 말자고

다짐한다. 하지만 학습 능력이 그리 쉽게 생기지는 않는다.

그래서 싸우고 또 싸운다.

죽었다 다시 살아나서 또 싸우는 게임 캐릭터가 된 것만 같다.

참 신기하게도 매번 나약함을 이겨 낸다.

나는 내가 생각하는 것보다

훨씬 대단한 사람일 수도 있다는 생각이 든다.

이렇게 살다 보면 명예의 전당에

이름을 올릴 수도 있겠다고 생각한다.

63 두 번은 없을

–

나와 함께해 주는 사람과의 시간을 소중하게 생각할 것.

지금 이 시간, 이 공기는

두 번 다시 돌아오지 않는다는 사실을 기억할 것.

그냥도 아니고 아주 많이 케이크를 좋아하는
현재의 나만 아는 사람들에게는 놀라운 사실이겠지만,
유년 시절에는 생크림 가득한 케이크를 싫어했다.
가족의 생일이거나 내 생일에 식탁 위로 케이크가 올라오면
가장 먼저 하는 일은 케이크 시트와 생크림을 분리하는 거였다.
분리된 크림은 남동생과 여동생이 순식간에 해치우니
큰 문제가 되지 않았다.
모름지기 케이크는 생크림 케이크라는 엄마의 말에
세차게 고개를 저으며 '케이크 먹을 거면 그나마 치즈 케이크가 낫지'
라는 통하지 않는 반박을 하곤 했다.
지금은 힘이 나지 않거나 우울할 때면 달콤한 게 최고고,
그중에서도 케이크가 제일이라고 생각하는 나.
지난겨울에는 이유도 없이 생크림 케이크 3호를 사서
엄마, 나, 여동생이 한 시간 만에 다 먹어 버렸다.
나도 모르게 아주 조금씩 내가 변하고 있나 보다.

그래도 오늘은 좋았다　#134 #135

_

아주 가파른 언덕을 내려가야 나오는 마을에 외할머니 댁이 있다.

그곳에 가면 집으로 돌아오기 전에 꼭 별 구경을 한다.

비탈이 꽤 심한 탓에 꼭대기까지 올라가면 숨이 차지만,

언덕의 끝에서 천천히 하늘을 바라보며 걸어 내려오면

엄청난 장관이 펼쳐진다.

별들이 가득한 하늘을 보며 숨을 고른다.

반짝임과 맑은 공기가 마음속까지 들어와 시원한 웃음이 지어진다.

시골의 밤하늘은 유독 더 짙푸르러서 별이 더욱더 선명해 보인다.

높은 건물도 없고 하늘을 가리는 먼지도 없는 이곳처럼

천체망원경 없이도 별 구경을 할 수 있는 데가 또 있을까.

_

–

어둠 속에서 아주 강하게 반짝이다 사라지는 불꽃놀이와

매일 똑같은 일상 속에서 아주 잠깐 찾아오는 행복은 서로 닮았다.

그 잠깐이 나를 웃음 짓게 만든다는 것도.

내 인생의 한 조각을 아름답게 만들어 준다는 것도.

67 추억은 불고기버거 소스 맛

—

유년 시절, 적어도 나에게 햄버거는

어린이 입맛을 제대로 저격하는 최고의 음식이었다.

엄마 손을 잡고 시장을 따라갔다가 패스트푸드점이 가까워지면,

〈슈렉〉에 나오는 고양이 표정을 짓고는

"엄마 나 불고기버거 안 먹은 지 오래됐는데……"

라며 세상 불쌍한 척을 하던 나.

그게 안 통할 때는 온갖 이유를 들어 가며 엄마를 설득하곤 했다.

"햄버거는 빵도 있고 고기도 있고 채소도 있어!

그러니까 채소 없는 음식보다는 햄버거가 훨씬 좋은 거야! 그치?"

자식 이기는 부모 없다고 엄마는 못 말리는 딸 손을 잡고

패스트푸드점 안으로 들어갔다.

메뉴는 항상 장난감을 주는 불고기버거 세트.

양상추는 이상하니까 엄마가 대신 먹어 주면 안 되냐고

맨날 투정 부리던 건 비밀이다.

햄버거가 먹고 싶으면 내 돈으로 언제든지 사 먹을 수 있는 지금은

불고기버거를 잘 먹지 않는다.

더 두툼하고 맛있는 햄버거가 많으니 굳이 그걸 고집할 이유가 없다.

아주 가끔, 엄마랑 마주 보고 먹던 불고기버거의 달달한 소스 맛이

그리워질 때가 아니고서야.

68 태양처럼

—

언제든지 아낌없는 응원을 보내 주는 사람.

힘들어 지쳐 있을 땐 앞으로 당겨 주는 사람.

우울할 땐 긍정의 마음을 가득 담아 선물해 주는 사람.

따스한 빛으로 나를 밝게 비춰 주는 태양 같은 사람.

이들 덕분에 나 또한 그들에게

밝은 빛을 내는 사람이 되겠다고 다짐한다.

날마다 고마움으로 맞이하는 아침의 태양같이 되겠다고.

—

지금 생각해 보면 후회막심한 일이다.

초등학생 시절 안경을 쓰는 친구들에 대한 동경 때문에

일부러 눈에 안 좋은 일만 골라 하다가 안경을 쓰게 됐다.

안경을 쓰면 괜히 더 공부를 잘할 것 같았고,

집중이 잘될 것 같았다.

일주일 만에 불편하다고 후회하며,

엄마 몰래 안경을 벗고 다녔다.

한번 나빠진 시력은 꾸준히 떨어졌고, 안경을 쓰지 않으면

사람의 이목구비가 보이지 않을 정도가 되어 버렸다.

그럼에도 콧등의 이질감 때문에 안경을 쓰는 게 싫어서

세상을 뿌옇게 바라봤다.

내 눈에는 항상 자욱한 안개가 끼어 있었다.

대략의 형태와 색을 기억하는 것만으로도

살아갈 수 있다는 생각에 불편함을 끌어안고 살았다.

A는 갈색 머리에 단발, 가방은 회색 백팩.

B는 검은색 긴 머리에 가방은 갈색 크로스백.

그러다 큰 실수를 한 적이 있다.

저 멀리 있는 사람이 내 친구가 확실하다는 생각에

빠른 속도로 달려가 이름을 부르며 어깨동무를 했는데,

친구가 아니었다.

나는 거듭 사과를 하다 빨개진 얼굴로

그 자리를 황급히 벗어났다.

아침부터 원치 않는 일을 겪은 상대방에 대한 죄송함과

안개 낀 기억을 맹신하고 살아간 나 자신이 부끄러워 얼굴이 빨개졌다.

대충 산 것에 대한 벌을 받은 기분이었다.

그 일 이후로는 꼭 안경을 쓰고 다닌다.

세상을 자세히 들여다보고 기억하기로 했다.

안경을 쓰고 보니 내가 몰랐던 것들이 너무 많았다.

몰랐던 만큼 더 자세히 바라보게 되었고,

더 섬세하게 기억하게 되었다.

예를 들면 작은 것을 기억하고 있다가

사람들에게 기분 좋은 한마디를 건네는 것이다.

"오늘 귀걸이가 바뀌었네? 이 귀걸이도 정말 잘 어울린다!"

"어떻게 알았어? 머리 풀고 다녀서 잘 안 보였을 텐데!"

사소한 것도 기억하는 사람이 된다는 것은
상대방에게도, 나에게도 기꺼운 일이었다.
계속 안경을 쓰지 않았다면 평생을 안개 뒤에 서서
이 기분을 모르고 지냈을 것이다.

요즘은 안경이 잘 어울린다는 이야기를 종종 듣는다.
물론 얼굴에 어울린다는 칭찬이지만,
안개를 걷어 내고 세상을 자세히 바라볼 줄 아는 사람으로
인정받는 것 같아 기분이 좋다.

음이 맞는 사람을 만난다. 불협화음은 피하도록 한다.

클래식을 말하고 싶은데 펑크록을 말하고 싶어 하는 사람과

같은 주제로 이야기를 나누기는 어려우니까.

펑크록을 좋아하는 사람에게 클래식을 말하면

궁금하지 않은 세상에 대한 이해를 강요하는 것이 되니까.

반대로 클래식이 클래식을 만나면 아름다운 화음이 생긴다.

"당신도 이걸 좋아하는군요. 저도요! 혹시 이것도 좋아하나요?"

"와! 이걸 알고 있네요! 제가 좋아하는 걸

좋아하는 사람을 만나는 게 쉬운 일이 아닌데!"

음이 맞는 사람을 만나면 유쾌한 앙상블이 생긴다.

웃음소리가 늘어나고, 한 시간이면 끝날 거라 생각했던 대화가

두 시간이 되고 세 시간이 된다.

나와 앙상블을 함께해 주는 사람, 이게 바로 인연 아닐까.

71 그리움을 품는다

—

힘들었던 과거는 저도 모르는 사이 마음 한구석에서 서서히 미화된다.

고통의 강도가 크면 클수록 더더욱.

다시는 돌아가고 싶지 않다고 생각했던 때가 가끔 그리워진다.

가만 생각해 보면 어른들 말은 대부분 틀린 말이 없다.

졸업하면 학교 다닐 때가 그리워질 거라는 말에,

나는 절대 그럴 일 없을 거라고 큰소리치곤 했다.

그 소리는 조금씩 볼륨이 작아지더니

이내 기어들어 가는 목소리가 되어 버렸다.

반년도 못 가서 학교 다니던 시절이 떠올랐다.

오랜만에 만난 대학 동기에게 "다시 생각하고 싶지 않을 정도로

힘들었던 건 부정할 수가 없는데, 솔직히 그리울 때 있지 않아?"

라고 물어보는 사람이 나라니.

고통을 묻어 버릴 만큼의 추억이 있어서 그런 게 아닐까.

다시 돌아가고 싶을 만큼은 아닌데,

그때가 아니면 다신 만들 수 없는 추억이니까.

몸에 안 좋은 건 전부 들어 있는 것 같은 인스턴트를 맛있다고

나눠 먹고, 텅 빈 강의실에서 과제를 하다가 딴 길로 새고,

결국 노트북을 살짝 밀어 버린 채 잠을 청하던 그때.

별거 아니지만 고생하면서 생긴 추억들은 상당한 위력을 발휘한다.

이제는 내키는 대로 그리움을 받아들인다.

마음 한구석에 남겨 놓아도 괜찮을 것 같다.

그때의 우리는 참 예뻤다.

72 사랑의 웃음소리, 히히호호

—

그림을 그리면서 생겨난 인연 중에 떠올려 보면

빙그레 미소가 지어지고, 마음이 따뜻해져서 닮고 싶은 사람이 있다.

'히히호호 가족'이라는 이름의 블로그에

자신의 가족을 소개하는 도로시 씨다.

그녀는 배우자 초코빵 씨와 귀여운 강아지 루피와의 일상을 공유한다.

귀여운 루피 덕분에 도로시 씨의 포스팅을 읽는 게 더욱더 즐거운 요즘,

포스트를 읽다 보면 어느새 도로시 씨의 시선을 따라다니는

내 모습을 마주하게 된다.

그 시선에 사랑이 가득 담겨 있어서 그런 것일까?

초코빵 씨와 루피가 잠들어 버린 모습, 히히호호 가족의 산책,

루피의 다양한 표정 기록······.

일상 그 자체인 기록 속에는 가족과 함께하는 모든 순간을

기억하겠다는 다짐이 들어 있다.

지나칠 만한 일상 속에서 사랑하는 이의 찰나를 기록하는 것.

사랑이 아니라면 이런 사소한 기록을 꾸준히 할 수 없다.

'오늘, 초코빵' '오늘, 루피'라는 카테고리 제목만 봐도 도로시 씨가

매 순간 가족을 얼마나 사랑하고 있는지 느껴진다.

사랑하는 방법을 제대로 알고 있는 사람,

도로시 씨의 눈빛을 닮고 싶다.

12월 25일이 다가오기 시작하면 형형색색의 불빛으로
온 세상이 물들어 간다.

하지만 반대의 세상도 존재한다.

우리 집은 성탄절이 다가온다고 해서
평소와 다르게 집 안을 꾸미지 않는다.

그래서 초등학교 시절에 딱 한 번,
집 안이 알록달록 반짝이던 순간을 선명하게 기억한다.

꼬마전구 하나로 우리 집이 우주가 된 것 같다며 기뻐했던 그날.

아빠는 트리에 감는 꼬마전구를 천장에 붙여
방을 우주로 만들어 주었다.

모양도 엉성했고 금방이라도 떨어질 것 같았지만,
나와 남동생은 좋다고 웃어 보였다.

다른 집처럼 큰 별이 달린 멋진 트리가 없는데도 작은 전구에
기뻐하고 감사해하던 우리 가족의 모습이 참 좋았으니까.

그때 그 기쁨을 몰랐다면 작은 것들을 소중히 여기고
좋아할 줄 아는 나는 없었을 것이다.

74 엄마 말을 잘 들었습니다

—

숙제를 하는 초등학생에게 엄마는 항상 "뭐든 열심히 해야지.
꼼꼼하게 해!"라고 했다. 언제나 엄마 말이 법이었기에
무슨 일이든 꼼꼼히 하려고 노력하며 자라왔다.

중학생 때는 틀린 문제를 깜지로 다섯 번씩 써 오라는 숙제에

너무 또박또박 써 가서 선생님을 당황케 했다.

친구들의 깜지를 보고 조금 억울한 마음이 들었지만,

예상치 못한 칭찬에 기분이 곧 좋아졌다.

고등학생 때는 필기가 마음에 안 들면, 만족스러울 때까지 다시 썼다.

대학생이 되고 나서는 매일 어마어마한 양으로 떨어지는 과제를

빨리빨리 해결해야 했다. 작은 부분까지 너무 세심하게

신경을 쓰다가 시간이 부족해지면 눈물이 났다.

패키지 디자인을 수강했을 때는 재단이 조금이라도 어긋나는 걸

용납할 수 없어서 혼자 다 자르는 걸 고집했다.

한 치의 오차도 허용하지 않는 나 때문에 같이했던 동기가

엄청 스트레스를 받았다.

그림을 그리는 지금도 여전하다.

꼼꼼히 칠하느라 색연필은 언제나 느릿느릿 움직인다.

조금 덜 신경 써도 아무도 모를 것 같은데,

언제나 천천히 여러 번 살피며 색연필을 굴린다.

손은 느린데 꼼꼼히 하려니 매일 밤새우는 것은 기본이고

두 배는 더 노력해야 하지만, 엄마 말을 흘려듣지 않은

초등학생이 기특하다.

조금 많이 느려도, 뭐든지 대충하지 않으려는 그 아이가 좋다.

언제부터인지는 모르겠지만, 휴가철에 지친 삶을 벗어나

하나둘 떠나는 그 분위기가 좋아졌다.

한때는 비뚤어진 마음에 '좋겠다, 저렇게 좋은 곳으로 놀러 가고.

나는 작년에도 올해도 똑같이 선풍기 앞에 찰싹 붙어 있을 뿐인데'

하고 시샘하기 바빴는데.

이제는 집이 좋고, 침대에 누워 한가로이 선풍기 바람 쐬는 게 좋아서,

집 떠나면 고생이라며 가족 휴가도 따라가지 않는다.

그러니 떠나는 사람들을 시샘할 수 없다.

저마다의 방식으로 지친 자신을 위로하는 것이니까.

나는 그 방식이 멋진 휴양지가 아닐 뿐이니까.

—

가볍게 말했다고 해서

타인의 슬픔을 가볍게 치부하지 말아 줬으면 한다.

당신에게 무거움을 전가하지 않으려는 노력을

가벼운 일이라 치부하면,

그들의 마음이 산산조각 나는 걸 알기는 하는지.

도저히 감당할 수 없는 당신의 가벼움 때문에

그들이 당신과 멀어지려고 준비하는 건 알고는 있는지.

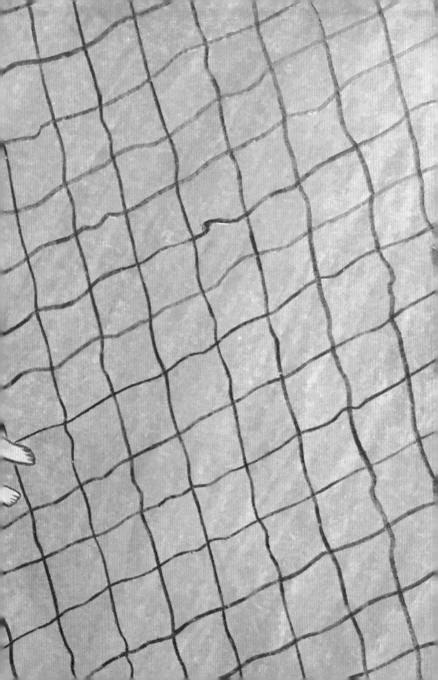

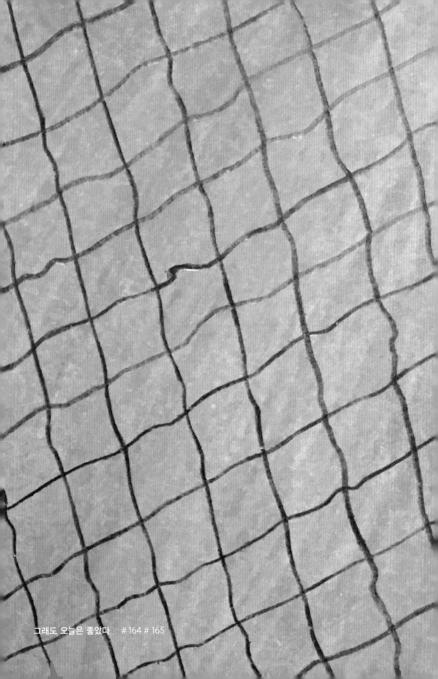

그래도 오늘은 좋았다   # 164 # 165

여름이 되면 차가운 물 위에 동동 떠 있는 상상을 자주 한다.

수영을 못 하고 물에 몸을 맡기는 걸 무서워하니

상상이라도 해 보는 것이다. 얼마나 시원하고 좋을까.

차가운 물을 온몸으로 즐기는 건 한여름 최고의 행복이다.

큰 힘을 쓰지 않아도 더위를 이겨 낼 수 있다.

하지만 나는 행복을 쟁취할 용기가 없다. 물 앞에 다가서면

괜한 불안에 사로잡혀 발만 살짝 담갔다 나와 버린다.

약간의 용기만 있어도 한번 해 볼 텐데,

그 작은 용기가 없어서 물 주변만 맴도는 것이다.

꽤 오래된 일이지만, 가족과 계곡에 놀러 가면 멀찌감치 서서

"진짜 시원하지? 재밌어?"라고 동생들에게 묻기만 했다.

따라간 보람도 없이 연신 덥다는 말만 하다가 집으로 돌아왔다.

언젠가부터는 아예 함께 나서지 않았다.

생각보다 무섭지 않을 수도 있다는 걸 아는데, 물 앞에만 서면

두려움에 사로잡혀 아무런 시도도 할 수 없는 바보가 되어 버린다.

용기 있는 자가 되는 것은 멀고도 험하다.

또다시 여름이 다가오고 있는데 여전히 꿈만 꾸고 있다.

78 진실은 무거우니까

—

거짓말이라는 걸 모른 채 살아가는 것도 나쁘지 않다.

거짓을 알게 되는 순간,

견고히 붙어 있던 조각들이 와르르 무너져 내린다.

79 겨울의 행복

—

따뜻한 물에 추위를 벗어 던지고, 물의 온기가 남은 몸으로
가장 따뜻한 곳에 앉는다. 양손 가득 귤을 가져와 손끝이 노랗게
물들 때까지 귤을 까먹으면, 겨울에 맛보는 최고의 순간 완성.

—

80 개미는 열심히 일을 하지 않아도 괜찮아

—

무언가를 지치지 않고 끊임없이 해내는 힘이 있다는 건

엄청난 능력이다.

항상 반짝이는 눈빛으로 마주할 힘이 있다는 것도.

대학생 시절 내 별명은 개미였다.

한 동기가 핸드폰 속 내 이름을 '이민주 언니'에서

'이민주 언니+🐜+🐚'로 바꾸고는 나에게 보여 준 적이 있다.

또 다른 날은 채팅창을 캡처해서 보내 줬는데, '언니'라고 입력하면

'언니는 왜 안 자'가 자동 완성된다며 키득거렸다.

당시 나는 여러 가지 일을 한번에 하고

잘 견뎌 내는 법도 알아서 힘들지가 않았다.

그런데 언젠가부터 나는 지치는 법을 알게 되었고,

생기 없는 눈빛도 보낼 줄 아는 사람이 되었다.

이제는 쉬고 싶다며 초점 나간 눈동자를 하고는 곧잘 힘들다고

누워 버린다. 매일 책상 앞에 앉아 있던 사람은 사라졌다.

그림도 침대에 엎드려서 그리니, 베개 옆에는 할 일이 쌓여 있다.

'오늘 하나 했으니까 이건 그냥 내일 하자'는 마음으로

한 가지 일을 끝내면 쉬는 시간을 가졌다.

매일을 중력과의 싸움에서 패배한 사람으로 살아갔다.

그런데 패배자로 사는 건 나쁘지가 않았다.

숨 가쁘게 호흡하던 내가 잠깐 멈추고 길게 호흡할 줄 아는

사람이 되었으니까.

패배자면 어떤가, 쉬어 가는 법을 알게 되었는데.

—

아무리 바쁜 일상에 쫓긴다 해도, 집으로 돌아오면 여유를 가지는 데
필요한 것들을 챙겨서 잠깐의 시간을 가진다.

나를 편안하게 해 주는 작은 것들로 속을 채우며 공허해진 마음을
메우고, 혹여 상처받은 것들이 있다면 스스로 다독이는 시간.

이 작은 틈이 없었다면 나는 와르르 무너져 내렸을지도 모른다.

그 어떤 것도 방해하지 않는, 오로지 나를 위한 것들과 함께하는
시간이 있기에 온갖 힘든 일을 겪고 들어와도 미소 지을 수 있다.

하루의 끝에서 놓쳐서는 안 될, 잊어서는 안 될 시간.

82 비눗방울은 금방 터지니까

—

금방 터져 버리고 말 비눗방울 같은 생각을 종종 하게 된다.

'나도 친구들처럼 취업해서 안정적인 생활을 했다면 어땠을까?'

뭘 믿고 그렇게 자신만만하게 "저는 그림을 그리고 살 생각입니다"

했는지는 모르겠다. 막연히 내가 잘 해낼 것 같았다.

'지금껏 혼자서도 잘해 왔으니 앞으로도 혼자서 잘하겠지.

나는 그림 그리는 일을 계속하고 싶으니까.'

흔들리다가도 금세 제자리를 잡았다.

나태하게 그림을 그리던 어느 날,

일 년 늦게 졸업하는 대학 동기가 메시지를 보내왔다.

'오늘 출판 수업에서 교수님이 언니 칭찬했어요.

모의면접에서 뽑고 싶어 한 분들 많았는데, 프리랜서 할 거라며

언니가 안 간다고 했다고…… 칭찬이니까 말할게요!'

메시지를 읽는 순간, 평소보다 심장이 빠르게 뛰었다.

조금은 불안정해도 혼자 그림 그리고 살 거라고

당당하게 말하던 나는 어디로 간 건지 마구 흔들렸다.

해 질 무렵이 돼서야 겨우 일어나 정신 차리고, 그마저도

집중이 안 돼서 〈짱구는 못말려〉를 보며 그림을 그리는 모습이란.

아직도 머리 위로 아슬아슬하게 비눗방울이 떠다닌다.

그들이 들었을 땐 말도 안 되는 이야기겠지만,

매일을 바쁘게 살아가는 사람들이 부러울 때도 있다.

그래도 내 그림 하나로 힘이 난다는 사람들, 마음이 녹녹해진다는

사람들 덕분에 손을 뻗어 비눗방울을 하나씩 터트려 버린다.

–

소중하지 않은 인연은 없다지만,

그중에서도 더 특별히 아끼는 인연은 있다.

이 사람이 없었다면 이렇게 글을 쓰지도,

그림을 그리며 살아가지도 못했을 것이다.

말 그대로 내 인생에 지대한 영향을 준 사람이다.

스쳐 지나갈 수 있는 한 문장이었지만 "그림 계속 보고 싶어요"라는

그녀의 말에 꾸준히 그림을 그리기 시작했다.

책을 사랑하는 사람이라 '북러버'라는 귀여운 닉네임을 쓴다는 것이

내가 아는 전부인데, 그녀를 떠올리면 10년은 알고 지낸 사람 같은

따스함이 느껴진다.

2014년 7월, 덥디더웠던 한여름에 따뜻하게 다가온 그녀.

덕분에 '나도 누군가에게 따스함 하나 안겨 줄 수 있겠다' 하고

지금까지 그림을 그리고 있다.

그녀는 유성우가 떨어지는 날 내게 다가온 별 같다.

스쳐 지나가지 않고 내게 머물러 준 별,

모르는 새 내게 다가와 반짝임을 안겨 준 사람.

그녀 덕분에 나도 누군가에게 반짝이는 사람이 되었다.

84 맥주의 맛

—

무척 뜨거웠던 여름날, 문득 맥주 맛이 궁금해졌다.

답답한 속이 풀어진다는 말이 진실인지 알고 싶었다.

무더운 그날의 날씨 탓이었는지, 아니면 즐겨 봤던 드라마 속 주인공이 맥주 마시는 장면에 마음이 동한 탓이었는지 모르겠다.

나는 술에 관심도 없고, 술 마실 일을 만들지도 않아서

주변 사람들은 다 아는 그 맛을 모르고 지냈다.

한번은 술을 좋아하는 친구에게 "그거 마시면 진짜 속이 시원해?"

하고 물어본 적이 있다. 묻기는 했지만, 사실 그렇게 궁금하진 않았다.

그런데 그해 여름은 유독 맥주를 마시면

속이 시원해질 것만 같은 느낌이었다.

당시 〈청춘시대〉라는 드라마에 푹 빠져 있었는데,

모두가 잠든 늦은 밤 어둠 속에서 드라마를 보곤 했다.

그런데 한 캐릭터가 유독 마음을 콕콕 찔렀다.

힘들고 벅찬 매일을 견뎌 내면서 일주일에 딱 한 번

네 캔에 만 원짜리 편의점 맥주에 기대는 주인공 '진명'이.

그날은 진명처럼 나도 맥주에 기대어 보고 싶었다.

그 여름의 나는 의지할 데가 없어 많이 힘들었으니까.

기댈 곳이 없다는 건 내 세상을 차지하지 않던 것까지

원하게 되고 떠올리게 만드는 걸까.

그 여름 맥주를 마셔 봤느냐고 묻는다면, 안타깝게도 내 대답은 아니다.

외롭게 사는 것에 익숙하고, 꾹꾹 담아 두는 것에 익숙한 나는 여전히

어쩌다 마주치는 시원한 맥주 광고를 보며 상상에 맡기고 있다.

그런대로 살 만한가 보다.

그래도 오늘은 좋았다   # 178 # 179

—

"유명한 게 좋을까요, 영원이 아니더라도 평생에 가깝게 지지해 줄

사람 몇 명이 있는 게 좋을까요?"

"어려운 문제네요. 유명해지는 걸 싫어하는 사람은 없을 텐데.

유명해지면 그만큼 더 많은 사랑을 받고 그에 따른 기회가 많아지니까,

꿈같은 일이죠. 근데, 저는 전자보다는 후자가 좋은 것 같아요."

"이유를 물어봐도 될까요?"

"유명하다는 건 너무 뜨거운 것 같아서요. 뜨거운 만큼

주목도가 높은 건 사실이지만, 그러다 데일 수도 있잖아요.

저는 겁이 많거든요.

지금 이대로 저와 담소를 나눠 줄 사람들

몇 명만 있어도 괜찮을 것 같아요.

적당한 온도로 차곡차곡 쌓아 가고 싶어요.

그게 저랑 어울리는 것 같아요."

86 토닥토닥

—

마음을 토닥이는 일은 서로의 따뜻함을 나누는 일이다.

누군가에게 도움을 줬다는 것만으로도 따뜻함이 차올라서,

위로하는 이의 마음도 온기로 가득해진다.

87 목욕

—

몸과 마음에 눌어붙어 있던 오늘의 피곤과 상처가 녹아내린다.

88 꿈 일기

—

잠에서 완전히 깨어난 뒤에도 쉽게 잊히지 않는 꿈이 있다.

만들 수 있다면, 아름다운 영상미로 표현된 단편의 무성영화로

남기고 싶을 정도로 또렷하게 남은 꿈이.

나는 깊게 잠드는 편이라 꿈을 잘 꾸지 않았다.

그런데 한번 길게 꾸기 시작하자 꿈은 중학교 2학년 때부터

기묘한 이야기를 풀어 놓기 시작했다.

쉽게 잊히지 않는다고 해도 꿈은 휘발성이 있기에

현실로 돌아오면 세세한 것들이 잊히기 마련이다.

떠나가는 이야기 조각이 아쉬워, 꿈을 꾸기 시작한 이후부터

일어나자마자 다이어리 한 귀퉁이에 꿈을 남겨 놓게 되었다.

강렬하기로 따지자면 스트레스가 심했던 대학생 시절,

며칠에 걸쳐 꿨던 꿈을 꼽겠지만,

역시나 가장 먼저 떠오르는 건 처음 꾼 꿈이다.

아무도 없는 해변, 구름 한 점 없는 샛노란 하늘에서

갈매기의 이야기를 엿듣던 꿈.

갈매기가 세상의 비밀을 입에서 하나씩 꺼낼 때마다,

이 세상에 알려져서는 안 된다며 비밀을 구름으로 감싸던

말도 안 되는 이야기.

짜임새 있는 이야기도 아니고 뇌리에 박힐 만한 것도 없지만,

천천히 흘러가는 구름의 속도만큼 느리게 흐르던 그 꿈.

하늘이 노랗게 물들어 갈 때면 머릿속을 스치고 지나간다.

—

비가 오면 작은 소망을 담아 상상을 해 본다.

비가 세상을 말끔히 씻겨 주는 것처럼, 빗방울이 마음을 스쳐 가며

복잡했던 것들을 씻겨 주면 좋겠다는 생각.

단단하게 굳어 버린 걱정과 스트레스를 쓸어 가 준다면 얼마나 좋을까.

빗방울이 나를 잘 스쳐 지나가도록,

너무 젖어 들지 않을 선까지만 팔을 뻗어 본다.

그래도 오늘은 좋았다 # 186 # 187

90 적당히, 평범하게

—

나는 내가 평범하게 살기를 바란다.

여기에서 말하는 평범하게 사는 일이란 보통을 유지하는 삶이다.

특별히 화나는 일, 짜증 나는 일, 슬퍼할 일이 없었으면 좋겠다.

어쩌다 마음 요동치는 일이 생기더라도

잠깐 쏟아지는 소나기이길 간절히 원한다.

끙끙 앓게 만드는 일만 아니면 소나기는 얼마든지 맞을 수 있다.

사는 동안 나쁜 일 한번 없다는 건 말도 안 되는 거니까.

나를 뒤흔들어 버리는 큰일만 아니면 된다.

대신 아주 큰 행복도 기대하지 않기로 한다.

행복도 적당히, 슬픔도 적당히.

적당한 삶을 살아가고 싶다.

돌멩이 하나 던져도 금세 잔잔해지는,

유유히 흘러가는 강물처럼 살아가기를 원한다.

똑같이 내가 그린 그림인데, 지금 보니까 미워 보이는 오래된 그림들.

'연필을 좀 더 뾰족하게 깎고 그렸어야지,

선을 왜 이렇게 삐뚤게 그려 놓은 거지? 다시 그리고 싶어.'

좀 더 완벽해지고 싶고, 더 나아진 모습만 보여 주고 싶은 마음이

나를 점점 조인다.

반듯하지 않아도 충분히 빛난다는 것을 마음속으로는 잘 아는데.

반듯함을 추구할수록 오히려 마음은 삐뚤어지는데.

손이 움직이는 대로, 내가 나를 좀 더 믿어 봐도 괜찮을 텐데 말이다.

누군가를 진심으로 축하해 주고 응원해야 할 때,

갑자기 나 자신이 초라하게 느껴지는 순간이 있다.

그럴 때는 나를 먼저 토닥여 주고 축하해 줘도 늦지 않다.

머지않은 미래에 저 꽃가루의 주인공이 내가 될 것이라는 믿음은 필수.

93 나는 여기에서, 너는 반대편에서 출발하여 만났고
   우리는 친구가 되었다

취향이 같은 것도 없었고, 대화를 나눌 만한 주제도 없어서

오랫동안 친하게 지내기는 어려우리라 생각했던 친구였다.

'모든 게 정반대였다'라고 한마디로 정리할 만한 그런.

정반대였지만 특별히 다툰 적은 없었고

강물이 졸졸 흘러가듯이 지냈다.

졸업하면 어쩔 수 없이 관계가 좁아진다는 것을 잘 알고 있어서,

그 안에 이 친구는 없을 거라 생각했다.

웬걸, 손톱만 한 크기에 정반대가 들어와 있었다.

너무 달라서 오히려 관계가 이어질 수 있었던 걸까.

나랑 너무 다른 것 때문에 부딪힐까 봐 말을 아꼈고,

아끼는 것을 서로 이해했다.

연락이 끊기면 요즘 많이 바쁘구나 생각했고,

집에 가는 길에 말이 없으면 힘들어서 그런가 보다 했다.

적당한 거리가 단단한 사이를 만들었다.

이번 달만 해도 벌써 네 번을 만났다.

다음 주에도 만나기로 했다.

—

일상 속에서는 평생 누를 일이 없을 거라 생각했던

비행기 모드 버튼을 종종 누른다.

버튼을 누르는 것만으로 고요를 얻을 수 있다는 놀라운 사실을 몰랐다.

비행기 모드는 비행기를 탈 때 사용하는 거니까,

현실에서 쓸 일은 없을 거라 생각했다.

떠들썩한 세상을 잠시 등지고 싶을 때,

마음대로 떠날 수 있는 엄청난 능력을 갖게 된 기분이었다.

마음이 복잡할 때면 비행기 모드 버튼을 눌러 혼자만의 여행을 떠난다.

이 비행기를 타면 오직 나만 존재하는 곳에서 시간을 보낼 수 있다.

긴장하지 않아도 되고, 피하고 싶은 일을 마주하지 않아도 된다.

나밖에 없으니까.

하지만 긴 여행을 떠날 수는 없으니 곧 현실로 복귀하고 만다.

비행기 모드를 풀면 기다렸다는 듯 알림 메시지가 와르르 쏟아진다.

버튼을 다시 눌러야 하나 고민이 된다.

—

95 내 멋대로

—

A의 앞에서는 흐트러지지 않은 모습을 보여야 하니

화장을 해야 한다고 생각했고, B의 앞에서는 수다쟁이가 아닌 척을 했다.

타인에게 어떻게 보일지를 의식하고 행동하니

내가 아닌 남으로 사는 시간이었다.

나를 갉아먹는 나날이었다. 마음을 구속하는 일이었다.

답답함을 참지 못하고 하나씩 포기하기 시작했다.

'타인에게 잘 꾸민 모습을 보여야 한다'는 강박에서 벗어났고,

온전히 나만 생각했더니 해방감은 쉽게 찾아왔다.

타인에게 비칠 나를 의식하며 사는 것이 아닌 '나' 자체로 사는 것이다.

민얼굴에 부스스한 머리로 내 몸에 제일 편한 옷과 가방을 메고

돌아다니는 사람, 한번 대화를 시작하면 신이 나서

이런저런 이야기를 마구 늘어놓는 사람. 이게 나다.

나를 찾고 나니 누구를 만나든, 어딜 가든 같은 모습으로 서기 시작했다.

있는 그대로의 내 모습을 부끄러워할 필요가 없었다.

부끄러움을 느낀다면 내가 나를 부정하는 것 아닌가.

자유를 찾은 내 모습을 다른 사람들이 어떻게 생각하는지는 모르겠다.

다만 이제는 어떻게 생각해도 상관없다.

누군가에게 잘 보이기 위해 사는 게 아니라는 걸 알게 된 나.

지금의 내 모습이 아주 좋다는 것은 확실히 알게 되었으니.

96 좋아하게 될 수도

—

싫으면 싫다고, 좋으면 좋다고 선을 긋는 명확함이

나의 장점이라고 생각해 왔다.

두루뭉술한 것보단 분명한 것이 좋다고 생각했기에

그런 내가 좋았다. 꽤 오랜 시간 동안 그랬다.

지금은 싫으면 싫다고 선을 그을 수 없게 되어 버려서 명확함에서는

한발 물러났다. 그래서 내가 생각하는 나의 장점이 하나 사라지게

되었는데, 꽤 나쁘지 않았다.

싫다고 생각한 것들이 좋아지는 걸 보면서 나의 호불호를

강하게 규정지을 필요가 없다는 것을 깨닫게 되었으니까.

어린 시절 급식 식단표를 받을 때면, 좋아하는 음식은 형광펜으로

죽 긋고 유별나게 좋아하는 음식에는 특별대우라도 하는 듯

별표를 마구 달아 줬다.

싫어하는 음식은 별표의 모서리에 이리저리 찔리면서

그 어떤 주목도 받지 못했다.

좋아하는 음식이 단 하나도 나오지 않는 날에는

젓가락으로 반찬을 휘적거리다 몇 입 먹고는

역시 아니라며 젓가락을 내려놓았다.

싫어하는 음식은 절대 좋아질 일이 없을 거라 생각했다.

그러다가 별표를 받게 된 반찬이 있다.

딱딱하거나 흐물거리거나 둘 중에 하나만 했으면

좋겠다고 생각했던 호박.

노릇노릇하게 부친 호박전을 이제는 먹고 싶다고 노래를 부른다.

두루뭉술하게 사는 것도 나쁘지 않은 것 같다.

싫어하던 것들을 좋아하게 된다는 건 참 기쁜 일이니까.

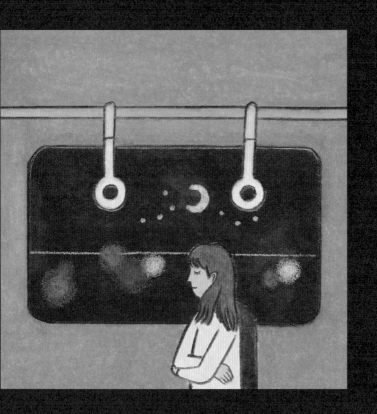

—

좁고 불편한 자리가 어찌나 달콤한지 애타게 찾는다.

불편함을 감수해 가며 빈자리를 찾는 건 이상한 일이 아니다.

고단한 하루의 끝에서 잠시라도 쉬고픈 간절함이 담긴 행동이다.

얼굴에 피곤함이 가득한 사람들이 좁고 불편한 자리에서

고달픔을 씻어 내리는 걸 보고 있자면 마음이 저릿해진다.

어제도 오늘도 버스 안에는 피곤이 모인 한숨이 가득하다.

이 한숨은 내일 또다시 모이겠지.

그래서 사람들은 비좁은 자리에서나마 잠시라도

한숨을 덜어 내려고 애쓰는 것이 아닐까.

버스 이곳저곳을 두리번거리면,

창문에 머리를 기대어 잠을 청하는 이들이 심심찮게 보인다.

어쩌면 이들에게 집으로 돌아가는 버스는 교통수단을 넘어

다음 단계로 가기 전에 잠시 쉬어 가는 휴식처일지 모른다.

사람들의 고단함이 모인 버스는 달빛의 위로를 받으며

푹신한 이불을 향해 달려간다.

버스 위 까만 하늘에는 귀로에 선 사람들의 얼굴에

세상 가장 편한 미소가 가득하길 바라는 달이 환하게 떠 있다.

—

98 햇볕을 기다리며

—

한 번쯤 해 본다는 일탈을 해 본 적도 없고,

도망가고 싶다고 발버둥친 적도 없다.

그래서 스트레스를 품고 산다.

스트레스를 담아 두니 마음은 항상 뭉그러지고, 자주 아프다.

건강하지 않은 삶이라는 것도 나를 무너트리는 일이라는 것도

잘 알면서 나 자신을 챙기는 게 쉽지가 않다.

언젠가는 따스한 햇볕이 들어오겠지 싶어 그냥 그렇게 산다.

매일 행복할 수 없는 거니까.

내 인생에 우울한 날이 조금 더 많을 뿐이니까.

창문을 열고 봄의 흔적을 느낀다.

살랑살랑 봄바람에 흔들리는 풀잎,

팔랑이며 내리는 분홍빛 꽃비,

뺨을 스치고 지나가는 온기 가득한 바람.

저 멀리서 들려오는 아이들의 웃음소리는

추운 겨울이 지나고 봄이 왔음을 알리는 알람이다.

따뜻한 계절이 돌아왔다고 여기저기에서 봄의 알람이 울린다.

그래도 오늘은 좋았다　# 206 # 207

—

2009년 5월 16일의 일기

중학교 1학년 때 글도 쓰고 삽화도 직접 그린 작가의 책을

본 적이 있다.

글 쓰는 사람이 그림도 그린 건가? 하면서 읽다가

불쑥 나도 이런 책이 내고 싶어졌다.

그러려면 이 멋진 사람을 닮아야겠다고 생각해서

작가의 이름을 검색해 봤는데,

글 쓰는 사람이 아니라 그림 그리는 사람이었다.

그림 그리는 사람이 글까지 써서 책을 낸 거였다.

나는 아직 학생이고 나중에 그림을 안 그릴 수도 있겠지만,

이런 사람처럼 된다면 정말 좋을 것 같다.

글도 쓰고 그림도 그리는 일러스트레이터 아니면 디자이너.

2018년 7월 8일의 일기

방 청소를 하다가 어릴 때 썼던 다이어리를 발견했다.

'이걸 아직도 가지고 있었어? 방 청소를 잘 하지 않았던 게

도움이 될 때도 있네.'

그때의 나는 어떤 생각을 하고 있었는지 궁금해서

더러운 방을 뒤로하고 다이어리를 펼쳤다.

내가 진짜 이런 생각을 했었나 싶은 반항심이 넘치는 날도 있었고,

어른이 되면 뭔가를 하고 싶다는 열정도 가득했다.

중간중간 웃음이 터져 나오는 부분이 너무 많아

피식거리며 보다가 순간 멈칫했다.

2009년 5월 16일. 일러스트레이터가 되거나 디자이너가 되고 싶고,

나중에 글도 쓰고 그림도 그려서 책을 내고 싶다는 꿈이 적혀 있었다.

꿈을 이뤄 낼 거라고 다짐하며 다이어리에 글을 써 내려가던 모습이

2018년에 와서는 책을 내겠다고 아등바등하며 글도 쓰고

그림도 그리고 있는 모습으로 변해 있었다.

150포인트 정도의 크기로 2009년 5월 16일 칸의 절반을

가득 채우고 있던 '꿈'이라는 글자가 대단해 보인다.

지금은 300포인트 정도로 커진 것 같다.

그래도 오늘은 좋았다

글, 그림 이민주

...

라테에 바닐라 시럽 추가

언제든 행복해질 수 있어요

ㅂ▲
ㅇㄷ

POST CARD